팔리는 작가가 되겠어,
계속 쓰는 삶을 위해

팔리는 작가가 되겠어,
계속 쓰는 삶을 위해

이주윤 지음

drunken
editor

목차

Part 2 이것은 노하우가 아니다

한수희 작가의 프리뷰

¶

글로 자기 삶을 그럴 듯하게 포장하기는 생각보다 쉽다. 하지만 이리 뛰고 저리 구르는 꼴사나운 내 인생을 있는 그대로 쓴다는 건 쉬운 일이 아니다. 세상을 발 아래로 내려다보며 공자님 빙의 글을 쓰는 사람은 많아도, 진흙탕을 낮은 포복으로 기며 사는 게 만만치 않다고 고백하는 사람은 얼마나 드문가.

나에게 이주윤은 바로 그런 사람이다. 이주윤은 솔직하고 웃길 뿐 아니라, 누구와도 대체할 수 없는 자기만의 리듬과 흥과 장단까지 갖췄다.

출세는커녕 먹고살기도 팍팍한, 엎치락뒤치락 작가 생활의 끝에 이주윤은 이런 걸 건졌다. 나에게 과연 재능이 있을까 고민하며 괴로워할 시간에, 그 괴로움에 대해서라도 써야 한다는 것을. 그리고 나는 알 것만 같다. 이렇게 구렁이 담 넘어가듯 술술 읽히는 글을 쓰기 위해 이 사람은 그 누구보다 성실하고 또 진실해야 했을 것이다.

그런 이주윤의 새 책을 세상에 소개하는 이 마음은 나만 아는 숨은 맛집이 동네방네 소문나서 줄 서는 대박집이 될 것을 걱정하는 마음과도 같다. 백종원 오빠와 이영자 언니는 이런 내 마음을 아실까? 흑흑. 그렇게 반은 기쁘고 반은 섭섭한 마음으로 나의 '최애 에세이스트' 이주윤의 이상하고 웃기고 신비로운 세계를 소개합니다.

나도 팔리는 작가가 되고 싶다

¶

돈을 벌기 위해 글을 쓰기 시작한 건 아니었다.

그러나 나도 모르는 사이, 글을 쓰지 않으면 돈을 벌 수 없는 상황에 놓여 있었다. 이왕 이렇게 된 거 책 팔아 떼돈이나 벌었으면 좋겠다고 생각했으나 독자들은 김애란, 임경선, 이슬아에게만 열광했으므로 나는 불우 작가 신세를 면할 길이 없었다.

그렇게 매일을 찌질하게 살아가던 어느 날, TV에서 대한민국 제일의 여자 대장부 노사연 언니를 마주했다. 그녀는 진행자의 부추김에 못 이겨 남편 이무송에게 영상편지를 띄우려는 참이었다. 평소 남편을 헐뜯으며 웃음을 선사하는 그녀였기에 나는 채널을 고정하고서 그녀가 입을 열기만을 기다렸다. 그런데 잠시 망설이던 그녀가 사뭇 진지한 목소리로 말하길

"여보, 당신 덕에 내가 돈 때문에 노래하지 않을 수 있었어. 정말 고맙게 생각해."

하며 얼굴을 붉히는 것 아닌가. 그녀의 솔직한 발언은 나에게 적잖은 충격과 깨달음을 안겨주었다. 천하의 노사연도 생계수단으로 노래를 부를 때가 있었다니 먹고살기 고되기는 매한가지구나! 돈 때문에 억지로 일하지 않으려면, 그

러니까 일을 즐기면서 오래오래 하려면 충분한 돈이 필요하구나! 도무지 인정하고 싶지 않지만 내 이상형은 이무송(?)이구나!

그러나 백마 탄 이무송이 내 앞에 나타날 리 없었다. 스스로의 힘으로 돈을 벌어야만 했다. 열심히 글을 썼다. 정말 열심히 썼다. 그러나 독자들은 여전히 김애란, 임경선, 이슬아만 좋아했다. 더욱 열심히 써보려 했지만 더는 쓸 말이 없었다. 여기서 끝인가 싶었다.

불안은 짜증으로, 짜증은 우울로, 우울은 체념으로 번져가던 차에 드렁큰에디터를 만났다. 그녀는 나에게 '출세욕'에 대한 글을 써보면 어떻겠느냐고 제안했다.

출세라는 거창한 단어는 내 사전에 없었다. 잘 쓰고 싶다, 내가 잘 쓰려고 노력한 글을 욕심 많은 편집자와 감각 있는 디자이너가 멋지게 엮어줬으면 좋겠다, 그렇게 만들어진 책이 잘 좀 팔렸으면, 그걸 읽은 독자들이 내 칭찬 좀 해줬으면, 그리하여 인세 좀 두둑하게 받아봤으면 소원이 없겠다고 징징거린 게 전부였다. 그런데 이 모든 문장이 출세하고 싶다는 욕망을 에둘러 표현한 것에 불과하다는 사실을 그녀가 일깨워주었다.

출세를 꿈꾸며 고군분투했던 옛일들이 하나둘 떠오르기 시작했다. 그렇게 'Part 1'을 썼다. 원고를 쓰며 지난 시간을 헤아리다 보니, 아는 사람 하나 없는 이 바닥에 용케 굴러들어와 갖은 헛짓을 다 하고 다녔구나 싶어 피식 웃음이 샌다. 지금도 어디선가 작가의 꿈을 꾸는, 혹은 출판계에 막 입문해 좌충우돌하는 후배들을 위해 그동안 발발거리며 체득한 나름의 글쓰기 노하우를 'Part 2'에 담았다.

누구나 작가가 될 수 있는 시대다. 그러나 작가로 살아남아 꾸준히 먹고사는 일은 생각보다 고되다. 나의 시행착오가 다른 이들에게 조금이나마 도움이 되길 바라는 마음으로 이 책을 썼다.

간절히 바라면 이루어진다더니만 욕심 많은 편집자와 감각 있는 디자이너가 나의 글을 멋지게 엮어주기까지 했다. 이제 남은 건, 이렇게 만들어진 책이 잘 팔려서 내가 '돈 때문에' 글을 쓰지 않아도 되는 일뿐이다.

그래서 하는 말인데⋯ 이 책을 살까 말까 망설이는 거기 당신, 이제 그만 저의 이무송이 되어주실래요?

Part 1

이것은 신세한탄이 아니다

다 가진 여자, 김애란

¶

스무 살 무렵부터 글을 쓰고 싶다고, 과연 써놓고 보니 좀 괜찮은 것 같다고, 이대로만 하면 유명한 작가가 될 수 있을지도 모르겠다고 생각했지만 인생은 언제나 마음과는 다르게 흘러가는 법. 글과는 아무런 상관없는 일만 주야장천 해왔다. 어찌어찌하다 보니 운 좋게도 출판계 바닥에 발을 들여놓게 되었으나 제대로 배우지 않았다는 생각이 늘 발목을 잡는다.

그리하여 자꾸만 학원을 기웃거린다. 에세이, 아동문학, 드라마, 시나리오, 극작법 등등. 배우고자 하는 마음만 있으면 대학에 가지 않고도 글쓰기를 얼마든 공부할 수 있는 시절이다.

내 친구는 이런 나를 보며 "실버대학까지 다닐 년"이라며 절레절레 고개를 내젓고, 어떤 편집자는 "네가 수업할 궁리를 해야지 왜 듣고 자빠졌냐"며 한심한 눈으로 쳐다보기도 했다만.

수년 전, 홍대 상상마당에서 '캐릭터 연구 워크숍'이란 수업이 열렸다. 한예종 극작과를 졸업한 후 같은 대학에 출강하고 있는 선생님이 진행하는 수업이었기에 강의의 질은 보장된 것이나 다름없었다.

한예종에 가지 않고도 한예종 수업을 들을 수 있다는 사실만으로도 고마워 죽겠는데 사진 속 선생님의 모습을 보곤 상상마당 쪽으로 감사의 절을 올릴 뻔했다. 그는 작가 중에서는 보기 드물게 잘생겼고 키도 컸으며 옷도 잘 입었다. 이런 천연기념물이 하는 수업은 들어야지. 암, 듣고말고.

시간은 흘러 흘러 기다리고 기다리던 수업 날이 되었다. 강의실에서 마주한 선생님의 실물은 사진보다 훨씬 멋졌고 목소리는 말해 뭐 해, 아주 그냥 예술이었다. 그가 PPT를 띄워놓은 칠판 앞을 이리저리 거닐 때마다 몸의 굴곡을 따라 텍스트가 물결치듯 흘렀다. 인물, 캐릭터, 안타고니스트, 프로타고니스트 등의 글씨를 온몸에 흠뻑 뒤집어쓴 채 그 속에서 유영하는 그의 모습이 너무나 섹시하여 감탄을 금할 길이 없었다.

나는 우등생이 되기로 결심했다. 선생님이랑 뭐 어떻게 한번 해보고 싶다는 건 아니었지만, 아니 뭐, 그 뭐가 뭔지는 나도 잘 모르겠지만, 어찌 되었든 우등생이 되는 일만이 내가 할 수 있는 전부라고 생각했다.

첫 과제는 입체적인 캐릭터를 만들어보는 것이었다. 선생님이 제시한 그림이 이야기의 결말이라고 가정했을 때, 그림 속 인물이 어떤 삶을 살아왔기에 그런 결말을 맞게 되었는지 상상해보는, 길바닥 출신 작가인 나에게 너무나 신선하게 다가온 과제였다.

"인물의 이름, 나이, 생김새, 몸무게, 키, 태어난 곳, 가족관계, 직업, 심지어는 어떤 냄새가 나는지까지도 세세하게 떠올려보세요."

나는 선생님의 눈에 띄기 위해 머리털을 쥐어 뜯어가며 '권지숙'이라는 가상의 인물을 만들어냈고, 그녀에게서는 '물비린내'가 난다고 설정했으며, 누가 보아도 뻑이 갈 만한 인생사를 기술했다. 과연 선생님은 내 과제에 관심을 보였다.

"물비린내, 정말 문학적인 표현이라는 생각이 듭니다. 이게 어떤 냄새인지 조금 더 자세히 설명해줄 수 있을까요?"

그가 나의 눈을 바라보며 물었다. 나는 떨리는 가슴을 애써 진정시키며 대답했다.

"왜, 그… 소주 많이 마시구요. 담날 일어나서 생수 마시려고 하면은 비린내 나서 역겹잖아요. 그때 나는 그 냄새…"

차갑기만 했던 그의 얼굴에 프흐흐 웃음꽃이 피었다. 와씨, 귀여워 죽어. 저 남자랑 뭔가를, 그러니까 수업 말고 또 다른 그 무언가를 해보고 싶다는 생각이 나를 사로잡았다.

그날 밤, 그의 귀여움 터지는 미소가 눈앞에 아른거려 잠을 이룰 수 없었던 나는 본격적으로 덕질에 돌입하기 위해 구글링을 시작했다.

그런데 이게 웬일이란 말인가. 그의 이름을 검색하자마자 나타난 기사 제목에 나는 경악을 금치 못했다.

'소설가 김애란, 극작가 고재귀 씨와 결혼'

이 글을 읽는 사람 중에 김애란을 모르는 사람은 없을 테니 자세한 설명은 생략하겠다. 그래, 너도 알고 나도 알고 우리 모두가 아는 그 유명한 김애란 말이다.

'이날 결혼식은 동료 선후배 문인들이 참석한 가운데 한국

예술종합학교 전 총장인 황지우 시인의 주례로 진행됐다. (…) 한국예술종합학교 연극원 극작과 동기생인 두 사람은 대학 시절부터 인연을 맺어온 것으로 알려졌다.'

나는 깊은 좌절에 빠졌다. 선생님이랑 수업 말고 다른 걸 못해서가 아니라 도대체 난 여태껏 뭘 하고 살았나 해서.

김애란은 그 좋은 학교에 다니면서 잘생긴 남자랑 연애도 하고 그 와중에 훌륭한 소설을 써서 등단까지 해냈는데, 거기서 그치지 않고 인기 작가가 된 데다가 아니 그쯤 하면 됐지 무슨 로맨스 소설에나 나올 법하게 변심하지도 않고 대학 때 사귀던 그 오빠랑 결혼까지 했다는 게 정말이지 대단하게 느껴져서.

김애란은 나의 우상이었는데. 그래서 《달려라 아비》도 몇 번이나 필사했는데. 나는 김애란 글을 따라 쓰기만 했을 뿐 스스로는 아무것도 이루어내지 못했구나. 심지어 남자마저 그녀가 좋아한 남자를 따라 좋아하는구나. 이렇게 평생 남의 뒤만 밟다가 인생 쫑나겠구나. 나같이 모자란 인간은 범접할 수 없는 그들만의 세계라는 게 존재하는구나….

불타오르던 학구열이 순식간에 쪼그라듦과 동시에 나는 삐뚤어지기 시작했다. 홍대 거리를 정처 없이 떠돌다가 수업에 늦기도, 수업이 끝난 후 시간이 괜찮은 사람은 뒤풀이에 참석하라는 선생님 말씀에 시간이 남아도는데도 불구하고 그냥 집으로 가버리기도, 과제고 나발이고 다 때려치우고 싶었지만 빈손으로 수업에 참석할 배짱은 또 없어서 대충 휘갈긴 글을 제출하기도 했다.

여기서 우등생이 되면 뭐 해. 어차피 우물 안 개구리인걸. 아무런 의욕 없이 억지로 쓴 글은 내가 봐도 엉망진창이었다. 핀잔을 들어도 싸다고 생각했다. 하지만 김애란의 남편, 아니 아니 우리 선생님은 나 같은 학업 부진아마저도 따스하게 보듬어주시는 참된 스승이었다.

"이 수업은 글쓰기 워크숍입니다. 워크숍의 장점이 뭔 줄

아세요? 망할 자유가 있다는 겁니다. 얼마든 망치세요. 다만, 망쳐도 끝까지 써보세요. 반드시 마침표를 찍으세요. 그렇게 마침표를 찍고 난 후, 시간을 두고 아침에 다시 읽어보세요. 내 글이 보이면 다음 글이 늘어요."

내 글이 구리다는 걸 이렇게 아름답게 포장해주시다니. 마음속에서 감동의 눈물이 폭포처럼 쏟아져내렸다. 나는 방탕했던 지난날을 반성하며 남은 수업을 성실히 마쳤다.

그로부터 꽤 오랜 시간이 흘렀다. 글 쓰는 게 지긋지긋해서 포기하고 싶을 때마다 마침표를 찍고 또 찍다 보면 더 나은 글을 쓸 수 있다는 선생님 말씀을 떠올리며 마음을 다잡곤 한다. 이제 선생님을 향한 연정은 온데간데없이 사라지고 감사의 마음만이 남았다.

하지만 끈끈한 감정이 전혀 남아 있지 않기로서니 유명 소설가의 남편을 남몰래 흠모했다는 사실을 이렇게 공개적인 글로 남겨도 되는 걸까. 이래저래 고민이 되긴 하지만 에라,

모르겠다. 선생님한테 배운 대로 일단은 마침표를 찍어버려야지.

(이 글을 책에 실어도 될까 하여 김애란 작가님께 사전허가를 구했다. 작가님은 넓은 아량으로 친절한 오케이 회신을 주셨다. 성덕의 기쁨이 이런 걸까…)

드라마 작가 한번 되려다가

¶

서른쯤 먹으면 잘나가는 작가가 될 줄 알았다. 장밋빛 미래를 약속한 애인도 있을 줄 알았다. 서울 야경이 내려다보이는 내 명의의 오피스텔에서 밤이면 밤마다 재즈를 틀어놓고 분위기 잡으면서 살 줄 알았다.

빌라도 아파트도 단독주택도 아닌 오피스텔을 고집한 이유는, 어렸을 적 즐겨 보던 드라마 속 여주인공이 친구며 애인을 집으로 불러들일 때 "우리 집으로 와"라고 말하는 대신

"내 오피스텔로 와"라고 힘주어 말하는 모습이 꽤나 세련돼 보였기 때문이다.

하지만 내 인생은 드라마가 아니었다. 갓 서른을 넘긴 나는 직업도 애인도 오피스텔도 없었다. 천하제일 백수인 내가 가진 거라곤 천천히 흐르는 시간, 그게 전부였다.

나는 매일 떠돌이 개처럼 광화문 거리를 쏘다니다가 허기지면 이삭 햄치즈토스트로 끼니를 때우고 스타벅스 구석진 자리에 앉아 따뜻한 아메리카노 숏 사이즈를 아껴 마시며 '아이고, 내 팔자야. 내가 죽어야지. 이리 살아 뭐해' 신세한탄을 하다가 밤이 되면 집으로 돌아와 눈꺼풀이 무거워질 때까지 드라마를 보며 시간을 허비했다.

그렇게 여러 날, 여러 드라마를 보고 또 보다 보니 생각지도 않았던 꿈이 새록새록 피어나기 시작했다. 저기 있지, 혹시나… 드라마를 써보면 어떨까? 드라마 작가로 성공하면 돈도 많이 벌 텐데? 그럼 꿈에 그리던 오피스텔도 한 채, 아니

한 채가 뭐야. 석 채쯤은 너끈히 사서 세를 놓을 수도 있을 텐데? 드라마 작가로 성공하는 게 쉽진 않겠지만 어차피 책을 써도 성공 못하는 건 매한가진데 더 늦기 전에 도전해보는 것도 괜찮지 않을까? 그래, 나도 임성한 못지않은 또라이야! 나도 막장 드라마 쓸 수 있다고! 남자 주인공은 조인성 섭외할 거야! 근거 없는 자신감과 밑도 끝도 없는 희망이 솟아올랐다.

드라마를 배우려면 여의도에 있는 방송작가교육원에 가야 한다고 모두들 입을 모아 말했다. 내가 제일 좋아하는 노희경도, 나의 라이벌 임성한도 그 교육원 출신이란다. 그리하여 없는 돈을 닥닥 긁어모아 교육원에 등록했다.

넓은 강의실에는 어림잡아 40명쯤 되는 사람들이 다글다글 모여 앉아 있었다. 솜털 보송한 대학생부터 온 얼굴에 개기름이 좔좔 흐르는 50대 대머리 아저씨까지, 이 많은 사람이 드라마 작가가 되겠다는 일념 하나로 여기까지 찾아왔다는 사실에 기가 질렸다. 더욱 놀라운 건 이런 반이 몇 개나 더 개설되어 있다는 거였다.

이 중에서 제 작품을 시청자에게 선보일 수 있는 사람이 몇이나 될까. 과연, 그게 내가 될 수 있을까. 지금이라도 학원비를 환불받아 통장에 넣어놓는 편이 살림에 보탬이 되지 않을까.

이런저런 걱정에 휩싸여 있던 그때, 선생님이 교실 문을 열고 들어와 교탁 앞에 서서는 카리스마 넘치는 목소리로 수업의 시작을 알렸다.

"여러분이 여태껏 써온 글이 스스로에게는 너무나 소중하겠지만요. 사실은 거지보따리 안에 든 보잘것없는 쓰레기입니다. 여러분, 거지보따리를 버리고 이제부터 새로 시작해봅시다."

뭐야, 재수 없지만 좀 멋있는데? 나는 내 주제를 화끈하게 일깨워준 그녀를 믿고 따라가보기로 결심했다. 과제를 성실히 하는 것은 물론이요, 맨 앞자리에 앉아 귀를 쫑긋 세우고서 선생님 말씀을 한마디도 놓치지 않겠다는 각오로 수업에 임했다.

하지만 무언가 좀, 그러니까 뭐랄까 이게 되게 좀 이상했다. 그녀는 대단한 달변가인 양 이런저런 이야기를 쉴 새 없이 늘어놓았지만 곰곰이 따져보면 아무 핵심 없는 말로 시간을 때우기 일쑤였고, 심지어 어떤 날은 "어우, 여러분 미안해요. 내가 오늘 PD랑 약속이 있어가지구 낮술 한잔했어" 하며 벌게진 얼굴로 했던 소리를 하고 또 하기도 했다.

갈수록 애초의 기대에 비해 그다지 얻을 게 없다 싶었지만 결코 적지 않은 수강료를 지불했기에 그저 돈이 아까워 꾸역꾸역 출석했다. 그러면서도 실낱같은 희망을 찾아보고자 맨 앞자리에 앉는 일만은 포기하지 않았다.

하지만 나의 눈은 이전과는 다르게 점점 총기를 잃어가고 있었다. 썩은 동태 눈깔을 하고 앉아 있는 학생이 비단 나뿐만은 아니었을 것이다. 선생님은 이러한 상황을 눈치챈 모양인지 뜬금없이, 물론 반쯤은 딴생각을 하고 있었기에 정확히 이렇게 말했는지 확신할 순 없지만 하여튼, 여러분에게 기운을 불어넣어준다나 뭐라나 하면서 문가에 앉은 학생에게 "밖으로 소리가 새나갈 수 있으니까 문 좀 닫아봐요"라고 명했다. 철컹, 문이 닫히자 그녀가 교탁 앞에 앉은 나에게 다가왔다.

퍽! 퍽! 퍽!

눈앞이 캄캄해짐과 동시에 정수리가 불이 난 것처럼 화끈거렸다. 뭐지? 어, 그러니까 지금 저 여자가 내 머리를 때린 거야? 갑자기? 왜? 어째서? 무슨 이유로? 어안이 벙벙해진 내가 헝클어진 머리칼 사이로 선생님을 올려다보자 그녀 왈. "이렇게 해주면 기가 뚫립니다. 보통 여기가 막혀 있거든,

여기가."

선생님은 집게손가락으로 제 정수리께를 빙빙 돌려가며 말했다. 그녀는 제 손을 호호 불어가며, 어깨도 휘휘 풀어가며, 이렇게 때려주는 게 생각보다 에너지 소모가 크기 때문에 결코 쉽지 않은 일이라는 헛소리도 첨언해가며, 40여 명의 머리를 공평하게 내리쳤다. 대머리 아저씨의 반들반들했던 두피에도 손자국이 새빨갛게 났다.

그녀는 우리에게 선의를 베푸는 중이라고 거듭 설파했지만 나의 눈에는 인간을 대상으로 두더지 게임을 하며 스트레스를 풀고 있는 것처럼 보이기만 했다. 모든 학생이 머리를 맞는 데는 꼭 20분의 시간이 소요됐다. 정말 신기한 건, 120번쯤 대가리 후려치는 소리가 교실에 울려 퍼지는 동안 그 누구도 이의를 제기하지 않았다는 사실이다. 이게 바로 군중심리라는 것이로구나. 세상에나, 정말이지 무섭기도 하여라.

나는 수업이 끝난 후 주섬주섬 가방을 챙기는 사람들을 붙잡고서 물었다.

"저기, 지금 이거… 너무 이상하지 않아요?"

"뭐가요?"

"우리 지금 폭행당했잖아요!"

"어… 저는 좀 시원하던데요?"

"저도요."

"난 왠지 좀 피가 도는 기분이 드는데? 집에서 가끔 해야겠어 이거."

…뭐야, 나만 이상한 거야?

그 사건을 끝으로 더는 교육원에 나가지 않았다. 이러한 사람들 속에 섞여 앉아 저러한 선생의 수업을 계속 들었다간 시나브로 미쳐갈 것 같았기 때문이다.

이따금 버스를 타고 여의도를 지나다 그 교육원 앞 정류장에 정차하게 될 때, 그리하여 하얗게 불을 밝힌 그곳의 창문을 나도 모르게 올려다보게 될 때면 생각한다. 그때 그 일은 드라마보다 더 드라마 같았다고. 어쩌면 지금도 저기 저 위에서는 말도 안 되는 막장 드라마가 펼쳐지고 있을지도 모르겠다고. 그 내용이 몹시 궁금하기는 하지만 다시는 그 드라마 속 등장인물이 되고 싶지는 않다고 말이다.

내 글을 알아봐주는 사람을 만나면

¶

요즘 젊은이들은 브런치라는 플랫폼에 주로 글을 올린다.
나 때는 말이야! 네이버 블로그가 최고였다. 나는 그곳에
꽤 오랫동안 글을 썼다. 애초에 출판을 노리고 쓴 글은 아니
었으나 어느 눈 밝은 편집자가 계약을 하자고 말해주길 기
다렸던 건 사실이다.

실제로 출판 관계자나 현직 작가가 긍정적인 댓글을 남겨
주는 경우도 있었고 더러는 만남을 제안하기도 했는데, 어

떻게든 연줄을 움켜쥐고 싶었던 나는 한 치의 망설임도 없이 약속 장소에 나가곤 했다.

한번은 이런 댓글이 달렸다. 리얼리티를 살리기 위해 블로그를 뒤지고 뒤져 그때 그 댓글을 고대로 가져와보았다.

'외람된 말씀입니다만 탁월한 재능에 감탄합니다. 물론 이런 아마추어의 찬사가 식상하실 수도…. 사람을 행복하게 만드는 글재주가 있으십니다. 블로그를 알게 돼서 기쁩니다. 유명해져서 멀어지기 전에 한번 뵙죠. 전 방송질 10년, 선생질 5년, 다시 딴따라 사업 준비하는 사람입니다. 준비되면 정식으로 인사 올리고 모시겠습니다.'

지금 읽어보아도 너무 좋아 콧구멍이 벌름거리는데 그때는 오죽했을까. 화려한 칭찬에 온 마음을 뺏긴 나는 겁도 없이 그 사람을 만나러 갔다. 약속 장소에 도착하자 매너가 몸에 밴 40대 후반 아저씨가 나를 반갑게 맞아주었다. 그는 그 흔한 명함 하나 건네지 않은 채 두서없는 자기소개를 길게 길게 늘어놓기 시작했다.

조각처럼 흩어진 이야기를 짜 맞추어보니, 그는 과거에 모 방송국 아나운서였는데 잠깐 음악방송 PD를 하기도 했으며 여차여차하여 방송 일을 때려치우고 미술 관련 사업을 벌여 큰돈을 손에 쥐었지만 개인사정으로 해외에 10년쯤 체류하다가 한국에 들어온 지 얼마 되지 않았고, 옛날에 같이 일했던 사람들을 하나하나 만나며 엔터테인먼트 사업을 시작할 궁리를 하고 있다는 것이었다.

"참, 블로그에 글 쓴 거 보니까 주윤 씨가 준호를 좋아하는 것 같더라구요?"

나는 잠시, 준호가 누굴까 생각했다. 내가 아는 준호는 2PM 준호뿐인데. 그치만 난, 준호보다는 옥택연 쪽인데. 영문을 알 수 없는 내가 의아한 목소리로 "예? 준호요?" 하고 되묻자 그가 말했다.

"응, 준호. 봉준호."

그는 여러 유명인의 이름을 성 빼고 부르며 그들과의 친분을 과시했다. 기회가 되면 소개해주겠다는 꿈 같은 약속도 덧붙이며. 그의 말이 어디까지가 참이고 어디까지가 거짓인지 도무지 종잡을 수가 없었다.

어쩌면 허언증 말기 환자일지도 모른다고 생각했다. 친구들은 아무래도 사기꾼 같으니 더는 만나지 말라고 나를 뜯어말렸지만 어차피 내 통장에는 뜯길 돈도 전혀 없었기에 안심하고 그와의 만남을 이어갔다.

그는 나를 자주 불러내 여기저기 데리고 다니며 커피를 먹이거나 오리고기를 먹이거나 술을 먹이곤 했다. 나는 그가 제공하는 여러 먹거리를 〈6시 내고향〉 리포터처럼 받아먹으며 일과 관련된 이야기가 나오기를 기다리고 또 기다렸다.

하지만 그는 그저 먹기만 할 뿐, 일 얘기는 일절 꺼내지 않았다. 때로는 어느 호텔 사장이나 어떤 시나리오 작가나 무슨 작곡가를 만나는 자리에 나를 데려가기도 했다. 그는 일

개 백수인 나를 개점휴업 중인 작가라 보기 좋게 포장하여 소개해주었다.

나는 그들 사이에 밤늦도록 앉아 〈아침마당〉 방청객처럼 맞장구를 치거나 깔깔 웃기도 하며 분위기를 맞췄다. 거기서도 역시 일 얘기는 오가지 않았다.

나는 생각했다. 도대체 이 사람은 뭐 하는 인간일까. 그리고 이 인간을 만나는 이 작자들은 또 뭐 하는 놈들일까. 그에 대한 의심은 날이 갈수록 깊어져만 갔다.

그러던 어느 날이었다. 평소와 다름없이 불려 나간 술자리에 헉 소리 날 만큼 유명한 감독이 앉아 있었다. 다행이다. 허언증 환자가 아니었어! 그를 알고 지낸 지 3년 만에 이루어낸 쾌거였다.

나는 몹시 흥분했지만 짐짓 아무렇지 않은 척 조용히 자리를 지키고 있다가 끓어오르는 궁금증을 도저히 참지 못하고 질문을 냅다 던지고야 말았다.

"저기 감독님 있잖아요. 궁금한 게 하나 있는데요. 시나리오 책을 보면요. 주인공을 동적인 인물로 설정하라고 그러잖아요. 동적이지 않은 인물을 주인공으로 삼으면 영화를 끌고 나가기가 힘들다고…. 근데 정말 저처럼 동적이지 않은 사람은 주인공이 될 자격이 없는 거예요? 영화에서 다양한 캐릭터를 보여주면 안 되는 거예요?"

나의 질문에 유명 감독이 느리게 입을 열었다.

"음… 제주도에 돌하르방이 있잖아요. 평생을 한 자리에서 이르케, 이런 자세로 살아온 돌하르방이 있는데… 그 돌하르방이, 그 긴 인생에서, 그래도 한 번쯤은 도발하고 싶은 순간이 있을 거거든요? 그 순간을 화면에 담는다면 동적이지 않은 인물도 얼마든 주인공이 될 수 있겠죠?"

와, 대박! 쩐다! 책에서는 이런 얘기 안 해주던데.

"주윤 씨, 우리 감독님 직접 만난 소감이 어때?"

존경으로 반짝이는 내 눈빛을 읽은 그가 물었다. 왠지 이쯤

에서 알랑방귀를 크게 한번 뀌어줘야 할 것 같다는 직감이
왔다.

"솔직하게요?"

"응, 솔직하게."

"아… 김민희가 홍상수랑 왜 바람났는지 알겠다."

유명 감독과 그가 술집이 떠나가도록 웃었다.

그런데 바로 그 순간, 머릿속에 쨍하고 깨달음이 왔다. 그
는, 딴따라 사업을 준비하고 있는 그는, 그러나 몇 년째 준비
만 하고 당최 사업을 시작할 기미가 보이지 않는 그는, 글 쓰
는 젊은 여자를 액세서리처럼 달고 다니며 자신이 놈팡이가
아니라는 사실을 사람들에게 증명하는 것이로구나.

나의 역할은 이리저리 끌려 다니며 맛있는 걸 얻어먹다가
이렇게 가끔, 젊은 감각의 개드립을 쳐서 아저씨들을 웃게
하는 것이로구나. 그렇구나, 왜 여태 몰랐을까. 그가 나를
정말 그렇게 생각하는지 아닌지는 알 수 없었으나 내가 그

리 느꼈으면 그런 거지 뭐. 나는 그와의 연락을 서서히 줄여 나갔다.

그가 봉준호 감독과 함께 찍은 사진을 보낸 문자에 '흥흥흥' 하고 답장을 보낸 것이 우리의 마지막 대화였다.

저한테 얼마까지 쓰실 거예요?

¶

나는 글을 못 쓰는 작가일까, 그래서 내 책이 이다지도 팔리지 않는 것일까 여러 날을 자책하며 살아왔다. 그런데 얼마 전, 어느 신문사 기자님과 소주를 마시다가 이런 말을 듣고 자신감을 뿜뿜 얻게 되었다.

"이 작가님, 이제는 큰 출판사랑도 일해보고 그러세요. 이 작가님 글은요, 기자들이 좋아하는 글이에요. 기자가 좋아하는 글이라는 건 속된 말로 팔리는 글이라는 뜻이거든요.

큰 출판사랑 일해야 책이 좀 팔리죠."

옆자리에 앉은 다른 기자가 맞장구를 쳤다.

"그래, 나도 언니한테 밥 좀 얻어먹어보자!"

아, 그렇구나. 나는 글을 못 쓰는 작가가 아니구나. 아니, 심지어 잘 팔릴 만한 글을 쓸 줄 아는 작가로구나. 그런데 왜 어째서 도대체 무슨 개코같은 연유로 우리 출판사는 내 책을 못 팔아먹는 거야? 아니, 줘도 못 먹나?

출판사 앞에 '우리'라는 단어를 붙일 정도로 나는 한 출판사와 오랫동안 일해왔다. 우리 출판사는 내 첫 책을 내준 고마운 출판사인 동시에 그것을 말아먹기도 한 원망스러운 출판사다. 우리 출판사는 나에게 돈을 많이 주지 않는 짠돌이 출판사인 대신, 꾸준한 일거리를 보장하는 든든한 출판사다. 우리 출판사는 명절에 참치 세트 하나 챙겨주지 않을 정도로 나를 홀대하는 출판사지만, 심심할 때마다 불러내서 소고기며 방어회며 킹크랩을 배 터질 때까지 사 먹이는 친구 같은 출판사기도 하다. 사장 하나, 마케터 하나, 편집자 하나로 이루어진 이 작디작은 출판사를 나는 애증한다.

대부분의 출판 관계자는 나를 작가님이라 부르지만 우리 출판사 대표만은 나를 "야"라고 부른다. 그 인간이 나를 "야"라고 간결하게 부르니 나도 대표님의 '님' 따위는 개나 줘버리고 그냥 대표라 부르도록 하겠다.

내 나이 꽃다운 스물일곱일 적, 소도둑놈처럼 생긴 서른아홉 대표를 처음 만났다. 출판 계약서에는 '저작물을 출판함에 있어서 저작권자 이주윤을 갑이라 하고 출판권자 거시기를 을이라 하여 이 계약을 체결한다'고 쓰여 있음에도 불구하고 대표는 나를 어린애 취급하며 잔소리를 일삼았다.

당시에는 그가 너무너무 어렵게만 느껴져서 예예 고개를 조아렸지만, 10년쯤 지지고 볶다 보니 "이거 왜 이래요. 우리 동갑이잖아, 띠동갑" 하며 능글능글 맞먹을 지경에 이르고야 말았다.

함께 일하다가 짜증 나는 상황을 맞닥뜨리면 내가 이 웬수 같은 출판사랑 연을 끊어버려야지, 농담 반 진담 반으로 푸념하곤 한다. 2016년 미국 대선 때는 씨발, 내가 이 좆같은 출판사랑 다시는 일하나 봐라! 농담 빵 진담 백으로 다짐 또 다짐했었다. 남의 나라 대통령 선거에 왜 네가 성을 내느냐 의문이 생기실 터. 보소, 보소, 들어보소. 심청이 뺨치도록 기구한 나의 사연을.

힐러리와 트럼프가 대통령 자리를 두고 아메리카 대륙에서 박빙의 승부를 벌이고 있을 때, 대표와 나는 서울시 마포구 연남동에 위치한 출판사의 회의 테이블에 앉아 이러한 이야기를 나누었다.

"야, 힐러리 위인전 하나 써봐라. 분야는 아동."

"난 힐러리에 대해 아는 바가 없어요."

"누구는 알아서 쓰냐? 다 자료 찾아보고 쓰는 거지. 야, 생각해봐. 힐러리 당선되면 그 순간 서점에 힐러리 책 쫙 깔리는 거야. 최소 만 부 팔아줄게."

"트럼프가 되면 어쩔 건데요."

"야, 힐러리야."

만 부면 돈이 천이다. 내 씀씀이에 미친 척하고 펑펑 쓰면 반년, 아껴 쓰면 1년까지도 쓸 수 있는 적지 않은 액수다. 돈 들어올 곳 없는 가난한 작가에게 그보다 더 혹하는 제안이 어디 있으랴.

대표는 말했다. 당선 결과가 나오고 나서 원고를 쓰기 시작하면 늦다고. 힐러리가 대통령이 되자마자 매대를 선점해야 많이 팔 수 있다고. 너 어디 한번 두고 보라고.

"글 2주, 그림 2주. 한 달 줄게."

돈에 눈이 먼 나는 계약서에 덜컥 사인을 했다.

그와 동시에 한 달짜리 스톱워치의 버튼이 눌렸다. 밥 먹는 시간도 아까워 책상 앞에 앉아 샌드위치로 끼니를 때우며 눈이 시뻘게지도록 작업에 몰두했다. 나 이주윤이는 원고를 또 쓰기 시작하면 대충 쓰는 스타일이 아닌 거라.

어린이 독자들을 들었다 놨다 하기 위해 힐러리와 클린턴의 러브스토리는 어지간한 연애소설보다 더 달콤하게, 2008년 오바마와의 경선 장면은 웬만한 정치판보다 훨씬 격렬하게, 힐러리가 미국 최초의 여성 대통령이 되어 백악관에 입성하는 결말은 뭐 아주 그냥 눈물이 쏙 빠지게 써버렸다. 대박이다. 이건 대박이야! 영양부족으로 발발 떨리는 손을 불끈 말아쥐며 다가올 성공을 자축했다.

하지만 그것보다 더욱 대박인 사건이 터지고야 말았으니, 모두의 예상을 깨고 미국 제45대 대통령에 트럼프가 당선되고야 만 것이다. 전 세계를 통틀어 힐러리 다음으로 내가 가장 슬펐을 거라 자부할 수 있을 만큼 나는 깊은 좌절에 빠졌다.

대표는 내 눈치를 보느라 한동안 쥐 죽은 듯 지내다가 연말 무렵 나를 노량진 수산시장으로 불러내 엄청나게 크고 무거운 킹크랩을 사주며 사과했다.

"야… 미안해."

이다지도 감 없고, 이다지도 대책 없는 출판사와 여태껏 함께 일하는 이유는 때마다 사주는 소고기나 방어회, 킹크랩을 거부할 수 없어서가 아니다. 그저 편해서. 오로지 그게 전부다.

언제 어느 자리에서도 내 의견 밝히는 법 없이 남들 하자는 대로 이리저리 끌려다니는 내가, 이상하게 이 출판사에서만은 하고 싶은 이야기를 모두 꺼내놓곤 한다. 대표가 제안하는 기획이 구리면 구리다고 대놓고 면박을 주고, 대표가 열받게 하면 짜증을 있는 대로 팍 내기도 하고, 인세가 늦게 들어오면 빨리 돈 내놓으라고 닦달도 한다.

에, 그러니까 더욱 간단명료하게 말하자면 내 꼴리는 대로 할 수 있다는 말이다.

며칠 전, 밥이나 한번 먹자며 나를 불러낸 일식당에서도 나는 하고픈 말을 하나도 빼놓지 않고 모두 다 했다.

"왜 불렀어요? 분명히 밥이 목적은 아닌 것 같은데, 할 얘기 있음 빨랑 해요 그냥"

"내년에 아동서 쓰자. 상반기 한 권, 하반기 한 권. 총 두 권. 밥 다 먹고 사무실 올라가서 계약서 쓰고 가"

"팔아줘야 쓰지, 팔아줘야. 나도 생계유지할 만큼 돈이 들어와야 이 일을 계속할 거 아녜요."

"야, 내가 일부러 안 파냐? 그리고 너 잘 생각해봐라. 솔직히 너 나랑 해서 안된 게 뭐가 있냐?"

"힐러리"

"장난하지 말고, 인마"

나는 문득 궁금해졌다. 그리하여 그냥 확 까놓고 물었다.

"나한테 얼마까지 쓸 거예요?"

"뭐?"

"얼마까지 쓸 거냐구, 나한테"

가난한 출판사. 책 한 권 말아먹으면 휘청거리는 출판사. 그리하여 손익분기점 최대한 낮게 잡는 우리 출판사. 몸값 비싼 디자이너, 멋진 후가공, 그럴싸한 온라인 홍보, 대형 서점 명당자리 광고 매대. 돈 안 쓰는 우리 출판사와는 아무 상관없는 이야기다.

우리 출판사 입장에서는 초판 2,000부만 다 팔면 웬만해선 손익분기점이 넘으니 손해 볼 일 없는 장사다. 하지만 손이 느려도 더럽게 느려서 아동서 한 권 쓰고 그리는 데 최소 반년이 걸리는 내 입장에서는 초판 인세 250만 원만 받았다가는 굶어 죽기 십상이다.

나는 이어 말했다. 당신 목표는 여러 권의 책을 꾸준히 내는 걸지 모르겠으나, 내 목표는 한 권을 만들어도 제대로 만들어서 많이 파는 거라고. 나는 좋은 원고를 쓸 자신이 있는데 당신은 내 원고에 돈을 투자해서 잘 팔아줄 수 있느냐고. 그렇게 못해줄 거면 계약하자는 소리 꺼내지 말라고.

대표가 너털웃음을 터뜨리며 물었다.

"야, 너 다른 출판사 가서도 이러냐?"

나는 실실 웃으며 대답했다.

"찍소리도 못하지, 히히."

낯선 출판 관계자에게 그런 말을 서슴없이 할 정도로 짬밥이 차지 않았다는 사실을 나도 잘 안다. 하지만 나는 내가 팔릴 만한 글을 써낼 수 있다는 사실 역시 이제는 너무나 잘 안다. 유일한 문제는 나의 능력을 인정해주는 사람이 아까 전 그 기자님 빼고는 아무도 없다는 점이라 할 수 있겠다.

그리하여 다른 출판사와 미팅을 할 때면 애꿎은 원고 분량이나 대상 독자, 출간 일정 따위만 여쭙곤 한다. 내 마음도 모르는 얄궂은 편집자님이 "뭐 더 궁금한 건 없으세요?" 하고 물으시면 나는 그저 "아뇨, 없어요. 워낙 잘 설명해주셔서…" 하며 말끝을 흐릴 뿐이다.

하지만 사실은 묻고 싶어 죽겠다. 저, 혹시 디자이너는 누구

를 쓰실 거예요? 음, 근데 초판은 몇 부나 찍을 예정이신가
요? 어, 출판사 측에서는 마케팅에 투자를 많이 하는 편인
가요?

저기, 그러니까 제 말은…

저한테 얼마까지 쓰실 거예요?

편집자 코스프레를 한 어느 책덕후

¶

대표와 함께 일하고 있는 편집자 김이슬에게서 오래간만에 연락이 왔다. 나보다 두어 살쯤 어린 이슬이는 나를 볼 때마다 "자까니이이이이임, 힝힝" 하면서 살포시 팔짱을 끼는 귀염둥이 편집자다. 나는 그런 그녀를 막냇동생처럼 귀히 여기며 이뻐한다.

그런 이슬이가 임신을 했단다. 아니 글쎄 세상에 벌써 6개월째란다. 아기 같은 이슬이가 아기를 가졌다니 정말이지 이상한 일이다. 뱃속에 또 다른 생명체를 품은 이슬이는 다중 인격자가 되기라도 한 것처럼 웃다 울다 화내다 다시 웃기를 반복하며 임신의 고됨을 토로했다.

입체 초음파 사진을 보여주면서는 딸이라서 너무 좋다고 실실거리다가, 돌연 훌쩍이며 자기를 닮아 코가 너무 큰 것 같다고 깊은 한숨을 내쉬더니만, 일은 같이 저질렀는데 왜 자기 혼자 고생해야 하냐며 가만히 있는 남편을 느닷없이 헐뜯는 식이었다. 감정의 롤러코스터를 연속 다섯 번쯤 타고 내린 이슬이가 이내 배시시 웃으며 말했다.

"빨리 놀러 와서 내 배 좀 만져봐요. 얼마나 커졌는지 몰라!"

그로부터 며칠 후, 대표랑 다음 책 이야기도 나눌 겸 이슬이 얼굴도 볼 겸 출판사에 갔다. 훔쳐갈 물건 하나 없는데도 늘 굳게 잠겨 있는 문을 똑똑 두드리자 이슬이가 빼꼼 고개를 내밀었다.

내내 길기만 했던 머리칼이 어느새 댕강 잘려 턱 끝에서 찰랑. 펑퍼짐한 원피스로도 가려지지 않을 만치 부푼 배가 남산처럼 불뚝. 그녀의 모습은 몹시 낯설었으나 팔짱을 끼며 응석을 부리는 그 행동만은 여전했다.

"자까니이이이이임, 힝힝"

단단한 듯하면서도 물컹한 그녀의 배가 내 팔에 와 닿자 나도 모르게 왈칵 눈물이 터졌다.

"뭐야아아아, 배가 왜 이렇게 많이 나왔어?"

이슬이는 그런 나에게 휴지를 뽑아 건네며 덩달아 울먹였다.

"작가님이 왜 울어. 자기가 임신한 것도 아니면서, 흐윽"

서로를 부둥켜안고서 꺼이꺼이 흐느끼는 우리를 대표는 별희한한 놈들 다 보겠네 하는 눈초리로 쳐다봤다.

서로 손끝 하나 닿지 않을 만큼 그녀와 나의 사이가 서먹했을 적에, 그리하여 미주알고주알 나눌 이야기도 없었을 때, 함께 지하철을 타고서 어느 작가의 결혼식에 갈 일이 있었다. 어색함을 견디기 어려웠던 나는 사회인이라면 응당 관심이 있을 수밖에 없는 화두를 던지며 말문을 텄다.

"일은 할 만해요?"

이 질문에 대한 보통의 반응은, 일이 다 그렇죠 뭐, 먹고살려고 하는 거죠 뭐, 할 줄 아는 일이 이것밖에 없으니까 그냥 하는 거죠 뭐, 같은 거다. 나는 어떠한 대답에나 들어맞는, 저도 그래요, 라는 맞장구를 칠 준비를 하며 그녀가 입을 열기를 기다렸다. 그런데 이슬이는 이렇게 대답하는 거였다.

"네, 재밌어요."

파격적인 대답에 할 말을 잃은 내가 어버버 하는 사이 그녀가 이어 말했다.

"저는요, 제가 만든 책이 잘돼서요. 우리 출판사도 잘됐으면 좋겠어요."

지랄 맞은 대표와 일주일에 최소 40시간을 붙어 지내며 온갖 갈굼을 견뎌내야만 하는 직원의 입에서 어떻게 저런 말이 나올 수 있을까 싶어 이유를 묻자 이슬이는 "음…" 소리를 거듭 길게 끌며 할 말을 찾다가 결국에는 싱거운 답을 내놓았다.

"그냥요."

이슬이는 그냥이라는 시시한 대답과는 다르게 무척이나 성실하게 일했다. 한 달에 한 권씩 책을 뽑아내는 작은 출판사에서 매달 혼자서 마감을 쳤고, 여러 저자의 말도 안 되는 갑질에 시달리면서도 언제나 생글생글 웃었으며, 시키지도 않은 기획을 들고 와 대표를 귀찮게 하는 일도 종종 있었다. 먹을 것 하나 없는 밤섬에 표류하였으나 비둘기 똥에 섞인 씨앗을 긁어모아 곡물 재배에 성공한 영화 〈김씨 표류기〉의 주인공처럼, 척박한 환경에도 굴하지 않고 꿋꿋하게 책을 만들어냈다.

그러나 영화 속 김 씨야 섬에 고립된 신세니 어쩔 수 없이 그 안에서 희망을 찾아야 했다지만, 출판계의 김 씨는 어디

로든 떠날 수 있음에도 그만둘 생각은 전혀 않고 그저 열심인 이유가 도대체 무어란 말인가? 대표가 월급을 많이 챙겨줄 리도 없을 텐데. 워낙 칭찬에 박한 인간이라 편집자의 수고로움을 인정해주기는커녕 잔소리만 빽빽 해댈 텐데.

나는 의아한 눈초리로 이슬이를 오랫동안 지켜본 끝에 그 해답의 실마리를 찾아내고야 말았다.

"작가님, 작가님! 우리 이번에 김승옥 선생님 책 하게 됐는데요. 네, 진짜요! 근데 내 주변 사람들은 이걸 아무도 이해 못해. 말해도 무슨 말인지를 몰라. 작가님은 내 기분 뭔지 알죠? 그쵸?"

덕후의 향기가 코끝을 스쳤다. 그녀가 오두방정을 떨면 떨수록 그 향기는 더욱 짙어져만 갔다. 그제야 머릿속에 흩어져 있던 퍼즐이 하나둘 맞춰지기 시작했다.

민음사에서 바캉스 시즌에 출간한 '워터프루프 북'을 일부러 물에 푹 담그고서는 "진짜 안 젖네?" 하며 까르르 웃던,

대표가 자기 책꽂이에 꽂힌 책을 허락도 없이 가져가면 "대표님, 제 책 맘대로 건들지 마세요" 하며 정색하던, 언젠가 아주 비밀스러운 목소리로 "저는요. 나중에 제가 직접 글 쓰고 편집까지 하게 되면요. 대충 막 하고 싶은 대로 할 거예요. 그리구요. 절대로 우리 출판사에서는 출간 안 할 거예요" 하며 대표의 눈치를 살피던 그녀.

그렇다. 이슬이는 덕후였던 것이다. 편집자 코스프레를 하고 있는 어마어마한 책 덕후.

그러니까 그때 이슬이가 했던 '그냥'이라는 말은 '좋아하니까'라는 낯간지러운 말의 대체어였던 거다. 자신의 덕심을 들키고 싶지 않았던 덕후의 어설픈 위장술이었던 거지. 아아, 이슬이는 출판을 정말 그냥 하는구나!

이다지도 책을 좋아하는 이슬이는 메일 한 통을 남긴 채 출산휴가에 들어갔다. 나와 작업했던 책들이 늘 재미있고 유익해서 무척이나 기쁘고 뿌듯하였으니 아기를 무사히 낳고 돌아온 후에도 자기와 함께 책을 만들어주었으면 좋겠으며, 나에게 메일을 쓰려니 자꾸만 눈물이 나는데 이게 다 나 때문이라는 내용이었다.

사람으로 북적이는 할리스커피 청계1가점에서 그녀의 메일을 확인한 나는 끅끅 소리를 애써 참아가며 그러마 하는 답장을 보냈다. 이슬이는 연남동에서, 나는 관철동에서, 모니터를 붙잡고 그렇게 또 흐느꼈다.

다시 찾아간 출판사에는 당연히 이슬이가 없었다. 그녀의 역할을 대신할 새로운 편집자가 자리를 채우고 있었으나 가슴 한구석이 허전한 건 어쩔 수 없는 일이었다. 대표는 이슬이가 다시 돌아오기는 돌아오겠지만 언제 돌아올지는 그 누구도 확신할 수 없으며, 어쩌면 영영 돌아오지 못할 수도 있다고 했다. 무슨 소리 하는 거냐고 짜증을 내자 너는 잘 모르겠지만 아기를 낳고 기르는 일은 그런 것이라 했다.

하지만 나는 믿어 의심치 않는다. 엄마가 된 이슬이는 자기를 닮은 딸아이를 품에 꼬옥 안은 채 머리로는 새로운 기획을 쉴 새 없이 떠올릴 것이다. 제 아이에게도 선보여야 할 그 기획은 이전보다 한층 사려 깊을 터다.

그리고 머지않아 다시 편집자의 자리로 돌아와서는 "자까니이이이이임, 우리 책 만들어요. 힝힝" 하고 내 어깨에 보송한 볼을 비비며 나를 꾀어낼 테고, 나는 또 못 이기는 척 계약서에 사인을 하겠지. 출판에 욕심이 있기는 하지만 잘 만드는 법까지는 미처 터득하지 못한 우리의 책은 아마도 독자의 외면을 받아 폐지로 전락하리라.

그래도 한 번쯤은, 정말 딱 한 번만이라도 대박이 터졌으면 한다. 그리하여, 쓰며 살아가기로 한 나의 선택을 후회하지 않았으면, 또한 이슬이가 탈덕하지 않고 오래오래 덕질을 할 수 있는 원동력이 되어준다면 더는 바랄 것이 없겠다.

무엇 하러 이 편집자에게 이다지도 마음을 쓰느냐고?

아 몰라. 뭐 그런 걸 물어. 그냥!

왜 작가들은 죄다 얼굴을 가리고 사진을 찍는가

¶

내 머리맡에는 책 열 권 정도가 항시 놓여 있다. 그렇다고 나를 책벌레로 오해는 마시라. 그저 조금 읽다가 재미없어서 내려놓고, 또 다른 책을 펼쳤다가 그것 역시 더럽게 재미없어서 내팽개치고, 이건 좀 낫겠지 싶어 집어 들었다가 '아차차, 책이란 원래 재미없는 거였지!' 하며 냅다 던져버리는 짓을 몇 차례 반복하다 보면 누구의 머리맡에나 책 열 권쯤은 금세 쌓이기 마련이니까.

스물여섯의 어느 밤에도 재미대가리 없는 여러 권의 책을 펼쳤다, 덮었다, 집었다, 던졌다, 이 지랄, 저 지랄 하다가 문득 의아해졌다.

이 작가는 왜 옷깃을 세워서 얼굴을 반쯤 숨기고 프로필 사진을 찍은 거지? 그래봤자 알베르 카뮈 느낌 안 나는데. 아니, 이 사람은 왜 또 머리카락을 싹 다 끌어모아서 양 볼때기를 가린 거지? 저 머리카락 속에 광활한 볼따구니가 숨겨져 있는 건 자명한 사실인데. 눈 밑까지 끌어올린 목도리하며, 이 사마귀 같은 선글라스는 또 뭐람. 떼잉, 쯧쯧. 왜 이렇게 다들 빚쟁이한테 쫓기는 사람처럼 얼굴을 못 가려서 안달이야? 어째서 스스로의 모습에 당당하지들 못하냔 말이야!

그리하여 나는 남의 책 읽기를 그만두고 나의 블로그에 이러한 글을 남겼다.

'언제가 될지는 모르겠지만 내가 작가가 되어 프로필 사진을 찍어야 할 때가 온다면 절대 머리카락으로 얼굴의 절반을 가리지 않겠다. 고개를 푹 숙이고서 목덜미에 괜스레 손을 올리지 않겠다. 벽에 등을 기대고 서서 땅바닥을 쳐다보지 않겠다. 김치, 치즈, 스마일, 빅토리, 빅토리, 브이아이씨티오알와이 하면서 사진을 찍고야 말겠다.'

당시 나는 원고지 80매짜리 단편소설 고작 두 편 써놓고 신춘문예 당선 소감을 생각하고, 인세라고는 구경해본 적도 없으면서 책이 몇 권 팔려야 광화문 한복판에 집 살 돈을 마련할 수 있을까 계산기를 두드려보는 꿈과 희망, 아니 야망이라고 해야 하나? 뭐 하여튼 그따위 것들로 가득 찬 소녀였기에 프로필 사진을 달라는 사람도 없는데 프로필 사진 찍을 궁리부터 했던 것이다.

그렇게 시간은 흐르고 흘러 몇 군데의 출판사와 몇 권의 책을 계약하기에 이르렀다. 출판사에서는 계약금을 입금해야 하니 신분증과 계좌번호를 달라, 이 분량으로는 책 한 권을 묶을 수 없으니 추가 원고를 달라, 아무래도 그림의 도움을 받으면 좋을 것 같은데 일러스트레이터를 따로 섭외해줄 생각은 없으니 당신이 직접 그린 그림을 달라, 발로 그려도 좋으니 어쨌건 달라, 그래, 이쯤 하면 됐으니 책날개에 들어갈 이력을 달라, 이것저것 다 달라고 요청하면서도 내 얼굴이 나온 사진을 달라는 말만은 절대로 하지 않았다. 내 낯짝이 마케팅에 도움 안 된다 이거지? 어! 그런 거지?

하지만 얼굴 없는 가수 김범수도 종내 제 모습을 드러내고 활동하게 되었듯 나 이주윤에게도 면상을 내놓을 기회가 주어지고야 말았으니, 나의 화려한 데뷔 무대는 바로바로 조선일보 B07면이었다. 풋내기 작가인 나에게 넓은 아량으로 칼럼 지면을 내어주신 신문사 부장님께서 말씀하셨다.

"글이랑 같이 들어갈 사진이 한 장 필요한데요. 자연스럽게 나온 사진이면 더욱 좋습니다."

나는 깊은 고민에 빠지지 아니할 수 없었다. 이유인즉, 조선일보는 우리 아빠가 평생 구독해온 신문이기 때문이었다. 부신에 악성인지 양성인지 모를 종양이 생겨 수술을 기다리는 동안, 병상에 힘없이 누운 아빠가 남긴 유언과도 같은 한마디가 "다 필요 없고 월간조선 한 권만 사다 다오"였으니 그 신문에 대한 내 아버지의 사랑을 더 말해 무엇하리오. 부친께서 좋아하는 신문에 글을 쓰게 되면 그보다 더 큰 효도가 세상에 또 어디 있으랴 하겠지만 예끼, 모르는 소리. 그때까지만 해도 나는 아빠에게 글 쓰는 걸 숨기고 직장에 다니는 척하고 있었다. 돈벌이도 안 되는 글을 쓴다고 해봤자 등짝만 맞을 게 뻔할 뻔 자 아닌가. 근심으로 수척해진 나에게 어느 편집자가 농반진반으로 말했다.

"그래서 작가들이 그렇게 얼굴 죄 가리고 사진 찍는 거구먼? 글 쓰는 거 아빠한테 들킬까 봐서."

암담한 심정으로 거울 앞에 선 나는 장롱 깊숙한 곳에서 코트를 꺼내 걸치고 옷깃을 눈썹 언저리까지 세워보거나, 미친년처럼 머리카락을 헝클어트린 후 그 속에 숨어보거나, 치통이 있는 것처럼 양손으로 볼을 감싸 쥔 채 땅바닥을 쳐다보는 등 얼굴을 감출 수 있는 포즈란 포즈는 모조리 다 취해보았다.

거울 속 내 모습이 너무나 등신 같아서 자괴감의 늪에 빠져버리려던 그 순간, 옛날 옛적에 썼던 글이 번뜩 떠올랐다. 김치, 치즈, 스마일, 빅토리, 빅토리, 브이아이씨티오알와이 하면서 찍은 사진을 프로필로 삼겠다는 그 글 말이다.

그래, 얼굴을 가리는 건 내 신념에 위배되는 짓이야. 좋아, 결심했어! 등짝 맞을 때 맞더라도 정면으로 빡 나온 사진을 실을 거야! 나는 휴대폰 사진첩을 뒤져 라오스의 어느 카페에서 찍은 사진을 찾아냈다. 여행지에서의 들뜬 기분이 얼굴에 그대로 스며들어서인지 미소가 싱그러워 보였고, 야시장에서 산 싸구려 원피스가 제법 화사하여 나까지 덩달아 밝아 보였다.

"부장님, 이 정도면 될까요…?" 내가 쭈뼛쭈뼛 묻자 "아주 좋습니다" 하고 답장이 왔다. 아주 좋다고 말씀하시니 정말 그러한 줄로만 알았다.

대망의 아침이 밝았다. 나는 지하철을 타고 광화문으로 향했다. 조선일보 근처 편의점에서 신문을 사들고 광화문 어느 한적한 카페에 앉아 그 신문에 인쇄된 내 글을 읽으면 성공한 기분이 들 것 같았기 때문이었다.

광화문역에 다 와갈 무렵, 주머니 속에 든 휴대폰이 울려댔다. 부신에서 떼어낸 종양이 양성인 덕에 너무나 건강하게 지내고 있는, 그리하여 그날 아침에도 당신이 사랑해 마지않는 조선일보를 꼼꼼히 읽었을 나의 아버지에게서 걸려온 전화였다. 드디어 올 것이 왔구나.

"여보세여어어어…"

내가 떨리는 목소리로 전화를 받자 아빠는 도무지 영문을 알 수 없다는 듯 질문을 퍼붓기 시작했다.

"에, 아부지가 지금 신문을 보는데 말이다? 여기 이, 주, 윤, 이라는 사람이 글을 썼는데 말이지? 얼굴을 보아하니 이게 내 딸이 맞는 것 같기는 한데… 이? 너라고? 아니, 어쩌다가 여기에다 글을 쓰게 됐냐그래? 이? 뭐라고? 어쩌다 보니까 그렇게 됐다고? 그럼 이거를 매주 쓰는 거여? 이이, 격주? 잘됐다그래, 잘됐어"

아빠는 내가 하는 말을 차근차근 듣고 하나하나 받아들여 주었다. 하지만 아빠는 도저히 이것만은 이해할 수 없다는 듯 물었다.

"아니, 근데 너는 왜 사진을 이런 걸 썼냐? 좀 이쁘게 나온 걸 쓰지 않구선"

편의점으로 냅다 달려가 신문을 샀다. 내 칼럼이 실린 면을 떨리는 손으로 펼친 순간, 길 한복판에 선 채로 굳어버렸다. 나는 잊고 있었다. 신문에는 상반신이 다 나오는 네모난 사진이 아닌, 얼굴만 동그랗게 잘린 사진이 들어간다는 사실을.

동그란 프레임 속에 나의 동그란 얼굴이 터질 듯 가득 차 있었다. 그 모습은 흡사 텔레토비 동산에 떠오른 해님 같았다. 주변에선 이런저런 이야기가 들려오기 시작했다. "실물이 훨씬 나으신데 왜 그런 사진을…" 모 출판사 팀장님은 말을 잇지 못하셨고, "너 웃는 모습이 미친 여자 같애" 친언니는 아낌없는 독설을 퍼부었으며, "종이신문에서 이 글을 읽은 후 조선닷컴에 일부러 로그인하여 댓글을 남깁니다. 선데이서울에나 어울릴 법한 수준 이하의 글을 조선일보에서 보게 될 줄은 몰랐습니다. 잘생긴 남자가 좋다는 글을 쓰려면 적어도 본인의 얼굴이 볼 만해야 하는 것 아닌지…. 아마도 글쓴이의 집에는 거울이 없나 보지요?" 어느 할아버지 독자는 욕 한마디 없는 댓글로 나를 지리게 했다.

한 달에 두 번, 신문에 내 얼굴이 실릴 때마다 생각했다. 전국을 돌며 조선일보를 수거해다가 불살라버리고 싶다고.

그래도 그 못난 얼굴을 가만히 들여다보고 있노라면 가슴 속 저기 저 깊은 곳에서부터 자부심이 슬며시 배어나왔다. 이 얼굴로 여기까지 온 게 얼마나 신통해. 강남 54평짜리 아파트야 돈만 있음 얻을 수 있지만 이 손바닥만 한 지면은 돈을 준대도 살 수 없는 건데, 이 자리를 꿰차고 앉았으니 얼마나 기특해. 스물여섯 나와의 약속을 이렇게 지켜냈으니 나라는 인간은 얼마나 의리 있는 자식이냔 말이야. 잘한다 잘한다 잘한다, 내 새끼 내 새끼 내 새끼. 남몰래 셀프 어화둥둥을 하고야 마는 것이다.

조선일보와 불효자식

¶

우리나라에서 신부를 찾지 못해 업체를 통해 국제결혼을 할 거라 믿어 의심치 않던 친척 오빠가 나의 예상과는 다르게 한국 여성과 백년가약을 맺게 되었다.

내가 즐겨보는 프로그램인 〈다문화 고부열전〉에 오빠와 이모가 나오면 참 재미있을 것 같았는데. 한국말이 서툰 외국인 새색시가 짠돌이 시어머니인 우리 이모에게 "어머니, 나 못해! 혼자 어떻게 밥해요, 청소해요, 빨래해요, 애기도 봐요. 어머니 돈 있어. 진짜 많아. 도우미 불러 안 불러? 아이고, 그러면 나 필리핀 간다 애기 데리고!" 협박하는 모습을 보면 배가 째지게 웃길 것 같았는데. 아, 아쉽기도 하여라.

독수공방을 가까스로 면한 친척 오빠와 그런 아들내미가 마냥 자랑스럽기만 한 이모는 하회탈급 웃음을 지으며 하객을 맞이했다. 오빠 옆으로는 어지간하면 정년까지 근무할 수 있는 직장에 다니는 남자와 진즉에 결혼한 두 명의 친척 언니가 조르르, 이모의 한복 치맛자락 아래께로는 언니들이 풍풍 낳아놓은 여러 명의 손주가 조롱조롱 매달려 있었다.

나의 아버지는 이모가 일구어놓은 대가족을 애달픈 표정으로 바라보았다. 나는 그런 아빠를 보며 직감했다. 이런 망할, 오늘 또 잔소리 대잔치가 열리겠구나. 우리 아빠는 대한민국에서 둘째가라면 서러운 잔소리꾼으로, 내 생애 최초의 잔소리는 아홉 살 무렵에 들었던 것으로 기억한다. 되새기는 것만으로도 스트레스가 팍팍 치솟는 그 잔소리의 내용은 이러하다.

먹고살기 위해서는 국가에서 라이센스 주는 직업을 가져야 한다. 그것을 철밥통이라 부른다. 그러한 직업에는 여러 가지가 있는데 여자로서는 선생님이 되는 것이 최고다. 제아무리 대통령이라도 자기 자식을 가르치는 선생에게는 허리 숙여 인사한다. 그러니 선생님이 될 수 있도록 열심히 공부하여라.

막내딸의 지능이 교대에 진학할 만큼 뛰어나지 않다는 사실을 깨달은 이후로는 결혼에 대한 잔소리가 이어졌다.

여자는 무조건 서른 전에 시집을 가야 한다. 제아무리 절세미녀라도 나이를 먹으면 쭈그렁방탱이가 되어 볼품이 없다. 신랑감을 고를 때는 남자 개인의 능력보다는 집안의 재산을 봐야 한다. 기본 재산이 있는 놈과 없는 놈은 출발점 자체가 다르다. 그러니 한 살이라도 어릴 때 부잣집 남자를 데려오너라.

그러나 나의 인생은 아빠의 바람과 정반대로 흘러갔다. 아빠는 이런 나를 올바른 방향으로 이끌기 위해 설교에 설교를 거듭했다.

영영 끝날 것 같지 않던 아빠의 잔소리는 내가 신문에 연재를 시작함과 동시에 거짓말처럼 뚝 끊겼다. 고지식한 부모님 흉을 잔뜩 본 글이 신문에 게재되었을 때도, 엄마는 동네 창피하다며 있는 성질 없는 성질을 다 부린 반면 아빠는 애 글 쓰는 데 방해되니까 아무 소리 말라며 엄마를 말리기까지 했단다.

연재하는 동안 딱 한 번, 녹십자에 다니는 아빠 친구 아들이랑 선볼 생각 없느냐고 넌지시 묻기는 했지만 "녹십자가 뭔데. 벼슬이여?"라는 내 말 한마디에 깨갱하기까지 했었다.

나는 생각했다. 아빠가 나에게 선생님이 되어라, 부잣집 남자에게 시집을 가거라 하고 잔소리를 했던 것은 이 험한 세상에 내놓은 막내딸이 걱정되어 그러셨던 것이로구나. 내 힘으로, 내 능력으로, 이렇게 자립하여 본업에 충실히 임하니 그 좋아하는 잔소리도 이제는 하지를 않으시는구나. 그동안 나 사는 꼴이 얼마나 불안해 보였으면 그토록 구구절절 피 토하듯 훈계를 하셨을까. 당신의 깊은 뜻을 헤아리지 못한 불효자는 목놓아 웁니다. 앞으로 집필에 더욱 전념하여 한자리하는 작가가 되도록 하겠습니다, 아부지이이이이이!

그러나 이것은 나의 착각에 불과했다.

알고 보니 아빠에게는 내가 '글을 쓴다'는 사실이 중요한 게 아니라 내가 〈조선일보〉에 글을 써서 친구들에게 '자랑할 거리'가 생겼다는 사실이 중요한 것이었다. 2년여 간의 연재가 막을 내렸을 때 아빠는 서운한 티를 노골적으로 냈다. 격주로 떠벌리던 자식 자랑을 더는 할 수 없게 되었으니 그럴 만도 하리라.

또 다른 연재처를 찾지 못한 채 빌빌거리는 나를 바라보는 아빠의 눈에 불만의 기색이 시나브로 차올랐다. 겉으로는 잠잠해 보이지만 저기 저 깊은 곳에서 시뻘건 용암이 부글부글 끓어오르는 휴화산처럼 아빠의 잔소리는 폭발을 앞두고 있었다.

터질 듯 말 듯, 터질 듯 말 듯, 터질 듯 말 듯 하던 아빠의 잔소리는 이때를 기다려왔다는 듯 피로연장에서 대폭발하고야 말았다. 양념게장, 새우튀김, 해파리냉채, 꿔바로우, 훈제오리 따위를 접시에 한가득 쌓아놓고 게걸스럽게 먹어대던 나와 언니들은 화산재를 뒤집어쓴 폼페이 주민처럼 뻣뻣이 굳은 자세로 아빠의 잔소리 세례를 받아냈다.

"아부지가 지인짜 이런 얘기까지는 안 하려고 했는데 오늘은 날이 날이니만큼 한마디 할 테니까 새겨들어."

아빠가 안 하려고 했다던 그 이야기는 이미 골백번도 넘게 들어 토씨 하나 틀리지 않고 줄줄 욀 수도 있을 얘기였다.

이혼한 첫째 언니에게는 재혼해라, 결혼한 둘째 언니에게는 애 낳아라, 결혼 안 한 나에게는 시집가라.

며칠 전에도 친구들 모임에 나갔다가 소외감을 느꼈다. 다들 핸드폰을 내밀면서 손주 자랑을 하는데 나만 자랑할 손주가 없어서 꿔다놓은 보릿자루처럼 앉아만 있다가 짜증이 나서 금세 집으로 돌아왔다. 봐라, 다른 사람들 카톡 프로필은 다 손주 사진이다. 나만 없다. 남들 다 있는데 나만 손주가 없어. 아부지 나이가 이제 칠십이다. 아침마다 세수를 하면서 거울을 들여다보는 내 심정을 너희가 아느냐. 분명 작년까지는 안 그랬는데 올해는 완전히 백발이 됐다. 머리털도 싹 다 빠져서 여기여기 정수리가 아주 그냥 휑하다. 다 늙어서 팔은 쭈글쭈글하지 얼굴은 검버섯 밭이지. 10년만 있으면 양로원에 들어가야 한다. 사람에게는 다 때가 있는 법이다. 두 번은 얘기 안 한다. 재혼해라. 애 낳아라. 결혼해라.

서당 개 삼 년이면 풍월을 읊는다 하였다. 나는 그동안 아빠의 어깨너머로 익혀온 잔소리 스킬을 청산유수로 늘어놓았다.

"아니, 나는 아저씨들이 카톡에 자기 얼굴을 좀 해놨으면 좋겠어. 왜 손주 사진을 해놓지? 자기 얼굴에 그렇게들 자신이 없나? 그리고 사람한테 때가 어딨어. 둘째 이모 남친 생겼다며? 칠십 넘어서 남친 사귀는데 그렇게 잘해준다며? 도대체 때라는 게 어딨냐고. 아니, 그리고 아빠 정수리가 휑하긴 뭘 휑해. 지금도 빽빽해. 예전에 너무 많았던 거야. 아빠 친구 다 대머리야. 그 아저씨들이 들으면 아빠 몰매 맞어. 어디 가서 머리숱 없다는 얘기 하지 마. 검버섯 빼! 레이저로 빼! 봄 되기 전에 겨울에 빼! 뭐? 결혼? 결혼 그까짓 거 뭐하러 해? 작년에 결혼한 내 친구도 이혼한대. 결혼 그거 어차피 이혼할 건데 뭐하러 하냐고. 말이 나와서 말인데 아까 혼인서약 할 때 신부가 '아직 요리 솜씨는 없지만 당신을 위해 따뜻한 밥을 지어 주겠습니다'라고 그러던데 그게 말이여 방구여. 요리 솜씨도 없는데 밥을 차려 주긴 왜 차려 줘? 없는 솜씨를 왜 억지로 만드냐구. 있는 솜씨 개발해서 자기 일을 하고 살아야지. 내 말이 틀려? 엉? 내가 뭐 틀린 말 했냐고!"

국민 트로트 〈아모르 파티〉를 부른 김연자 언니는 이렇게 말씀하셨지. 나이는 숫자고 마음이 진짜니까 가슴이 뛰는 대로 가라고. 연애는 필수고 결혼은 선택이니 가슴이 뛰는 대로 하라고.

아빠가 시집가라고 나를 아무리 들들 볶아도 아니, 나는 내년에 시집 안 가고 동방신기 콘서트 갈 거야. 아니, 나는 내년에 시집 안 가고 호텔 가서 호캉스 할 거야. 아니, 나는 내년에 시집 안 가고 스타벅스 가서 원고 쓰고 그 원고로 책 내고 그 책으로 돈 벌어서 그 돈으로 다시 동방신기 콘서트 갈 거야!

이렇게 꼴리는 대로 살아서 성공한다는 보장은 없지만, 어쩌면 먼 훗날 철부지 같은 지금의 선택을 후회하게 될지도 모르겠지만, 됐고! 어차피 한 번뿐인 내 인생, 아모르 파티하며 살 거야.

나도 베스트셀러 쓰고 싶다고 왜 말을 못해

¶

상업 출판의 때가 미처 묻지 않았던 내 나이 스물일곱, 잔뼈 굵은 어느 출판 관계자가 나에게 말했다.

"주윤 씨 글은 솔직해서 좋아요. 나 같으면 쪽팔려서 그렇게까지는 못 쓸 것 같거든."

나는 물었다.

"다른 작가들은 거짓말로 글을 쓰나요? 그럼 독자는 남이 하는 거짓말을 돈 주고 사서 읽는 거예요?"

그는 눈을 동그랗게 뜬 채 고개를 갸웃거리는 나를 보며 이 히히히히힉, 흐으흐으, 프하하하힉힉히익히익, 아이구야, 웃긴다 진짜아– 박장대소했다.

순백의 나는 그 웃음의 의미를 알지 못했다. 세월은 흐르고 흘러 이 바닥에서 좌로 구르고 우로 구르고 앞으로 취침하고 뒤로 취침하며 온몸에 검댕을 묻힌 지 어느덧 햇수로 10년. 거짓으로 글을 쓰는 것이 얼마나 편리하고도 안전한 방법인지 알게 된 나는 스스로를 고백하는 일을 이제 무척이나 어려워하게 되었다.

나의 이중성에 대하여. 나의 교활함에 대하여. 나의 개 같음에 대하여. 싫어하는 사람을 필요 이상으로 싫어하다가 혐오하는 지경에 이르기까지 하는 망상에 대하여. 굳이 하지 않아도 될 말과 행동을 실컷 해놓고 뒤늦게 후회하는 경솔함에 대하여. 내가 옳고 너는 틀렸다고 생각하는 편협함에 대하여. 네 입장이 뭔지는 충분히 이해하겠는데 그래도 내가 옳고 너는 틀렸다고 빡빡 우기는 아집에 대하여. 신해철의 노래 〈니가 진짜로 원하는 게 뭐야〉의 가사처럼 이 나이 처먹도록 내가 원하는 게 무엇인지 모름에 대하여. 이거 아니면 죽음 정말, 이거 아니면 끝장 진짜, 내 전부를 걸어보고 싶은 그런, 내가 진짜로 원하는 게 뭔지 모름에 대하여. 아니, 사실은 알면서도 모르는 척 외면하는 뻔뻔함에 대하여.

그러나 용기를 내어보려 한다. 이 글을 읽는 이가 나를 좀스러운 인간으로 생각하든 말든 잠시 신경을 끄고 나의 생각을 가감 없이 털어놓도록 하겠다. 편리하고도 안전한 방법을 두고서 굳이 아슬아슬한 시도를 하는 이유가 무엇이냐 물으신다면 20대의 내가 되물었던 '다른 작가들'에 가까워져가는 나 자신을 일깨우기 위함이라 하겠다. 그러니까 이건 일종의 극기훈련이다.

다시 과거로 돌아가, 웃음을 겨우 거둔 출판 관계자가 눈가에 맺힌 눈물을 소맷부리로 찍어내며 나에게 물었다.

"그럼 주윤 씨가 제일 싫어하는 책은 뭐예요?"

싫어하는 것을 필요 이상으로 싫어하다가 혐오하는 지경에 이른 나는 어떤 책의 제목을 대며 격노했다.

"저는요. 그럴싸한 사진이랑 오글거리는 글로 막 버무려놓은 그따위 책을 사람들이 왜 좋아하는지 도대체 모르겠어요. 그 책 완전, 토할 토 아니에요? 웃긴 게요. 책 안 읽는 우리 언니까지 그 책을 사가지구 집에 들고 왔다니까요? 그래서 제가 물어봤어요. 왜 샀냐구. 그랬더니 유명해서 샀대요. 다른 사람들도 많이 사니까 그냥 따라 샀대요. 진짜 어이없지 않아요?"

잔뜩 흥분한 나를 가만히 지켜보던 그가 허허 웃으며 머리를 긁적였다.

"그 책, 내가 런칭한 건데…"

굳이 하지 않아도 될 말을 실컷 뱉어놓고 뒤늦게 연신 사과를 하는 나에게 그는 말했다.

"주윤 씨가 그렇게 싫어하는 그 책이, 저 멀리 섬마을에 사는 어느 아가씨한테는 인생 책이 될 수도 있는 거예요."

나는 깨달았다. 세상에 쓸모없는 책이란 없는 거라고. 단 한 명에게라도 의미 있게 읽혔다면 그 책은 임무를 다한 거라고. 심지어 내가 혐오해 마지않는 그 책은 수십만 독자의 마음을 울렸으니 말해 무엇 하겠냐고. 그리고 다짐했다. 앞으로 만나게 될 모든 책을 따뜻한 눈으로 바라볼 것. 저자는 미워하되 책은 미워하지 말 것. 제발, 입 좀 닥치고 조용히 살 것.

하지만 어머니는 말씀하셨지. 사람은 고쳐 쓰는 거 아니라고. 나는 여전히, 광화문 교보문고 베스트셀러 코너 앞에 서서 아무도 모르게 한숨을 내쉰다.

이 작가는 어쩜 이리 다작을 하는가. 한 인간의 머릿속에서 이다지도 많은 말이 쏟아져나오는 게 정녕 가능한 일인가.

혹시 허언증은 아닌가. 글 두 줄로 한 페이지를 채우는 이 구성은 뭔가. 이 책을 사는 사람은 글을 사는 것인가 공백을 사는 것인가. 그러니까 이건 읽기 위한 책인가 인스타그램 업로드를 위한 책인가. 이 캐릭터 에세이는 또 뭔가. 사람이 아닌 캐릭터가 화자인 이 상황을 아무래도 납득하기가 어려운데, 어 그러니까 이건 뭐랄까. 개를 산책시키다가 마주 오는 누군가가 "아이고 예뻐라. 너 몇 살이니?" 하고 개에게 물으면 "세 짤이에엉!" 하면서 개의 말을 대신하는 주인처럼 말 못하는 캐릭터의 속마음을 저자가 대변하는 것인가. 허이구야, 하다하다 고길동에 마이콜까지. 그렇다면 꼴뚜기 왕자를 주인공으로 한 책은 왜 나오지 않는가. 《꼴뚜기 왕자, 변기에 빠져도 정신만 차리면 살아》라는 책도 나와야 마땅한 것 아닌가. 지금 꼴뚜기 왕자를 무시하는가. 오자와 탈자 범벅인 이 문장은 뭔가. 이다지도 무책임한 문장을 쓰는 인간을 작가라 칭해도 되는가. 아니, 작가는 그렇다치고 이 책의 편집자는 뭐 하는 사람인가. 말도 안 되는 문장을 손보지도 않고 그대로 낸 이 편집자는 일을 하는 것인가 마는 것인가. 어머어머, 근데 이 잘생긴 작가는 뭔가. 혹시 글을 잘 쓰는가. 에라이, 얼굴만 믿고 책을 냈는가. 냉정하게 말해 작가치고 잘생긴 거지 그리 대단한 얼굴은 아니지 않은가. 뭐 어찌 됐든, 왜 반듯한 얼굴에 스스로 먹을 칠하는가.

이러한 불만을 가진 사람은 오직 나뿐인 건지. 출판계는 멀쩡한데 내가 돌아버린 건지. 독자들은 도대체 무슨 생각을 하고 있는 건지.

몹시 아리송한 나머지 잠조차 오지 않는 그런 밤에는, 인터넷 서점에 들어가 독자 리뷰를 읽으며 분위기를 살핀다. 단, 긴 리뷰는 제외한다. 긴 글을 읽고 싶어 하지 않는 독자가 긴 리뷰를 쓸 리 만무하다. 그건 분명, 책을 무상으로 제공

받은 서평단이 작성한 영혼 없는 리뷰일 것이다.

그렇다면 어떤 리뷰를 눈여겨보아야 하는가. '한 줄 평', 그것이 바로 독자의 진심이다. 단 한 줄에 하고 싶은 말을 모두 담아야 하는 한 줄 평은 진심을 압축한 진한 진심, 즉 '찐심'이라 할 수 있겠다. 한 줄 평에도 호평 일색이라면, 휴대폰 화면을 엄지손가락으로 연신 쓰다듬으며 별 한 개짜리 평을 기어이 찾아내고야 만다.

어느 문장 하나 남는 것이 없습니다. 기대 이하. 제목이 가장 좋았어요. 앞부분 읽다가 포기합니다. 글에 비해 책값이 너무 비싸다는 생각밖에 안 드네요. 책 내용 정말 쓰레기인 듯. 이런 책이 잘 팔리는 거 보면 독자들이 병신인 건지 뭔지. 내 피땀 어린 월급의 일부와 내 생명의 일부인 시간마저 앗아간 양심 없는 책. 나이 많은 교수님이 준비 없이 들어온 수업에서 아무 말이나 지껄이는 수준. 마케팅으로 만든 베스트셀러. 멋있는 척, 읽다가 느끼해서 덮었습니다. 별 한 개도 아깝네요. 베스트셀러임에도 불구하고 올해의 책으로 선정되지 못한 책. 작가의 싸이 다이어리를 돈 내고 보다니.

이히히히히히힉, 흐으흐으, 프하하하힉힉히익히익! 거봐, 내가 옳고 너는 틀렸지? 아니, 니가 어쩌다 이런 책을 썼는지 그 입장은 나도 충분히 이해하겠는데 그래도 내가 옳고 너는 틀렸잖아! 어둠 속에 숨어 한참을 낄낄댄다.

그러나 웃음이 잦아들고 나면 어김없이 내 모습을 돌이켜보게 된다. 비열하려면 끝까지 비열할 것이지 줏대 없이 스스로를 또 꾸짖고야 만다.

나는 왜, 낯선 편집자로부터 '이주윤 작가님께 출간 제의드립니다'라는 제목의 메일이 오면 열어보기를 두려워하는가. 혹시 그 내용이 '안녕하세요, 처음 인사드립니다. 제가 이렇게 메일을 드린 이유는 캐릭터 에세이 출간 제의를 드리고 싶어서인데요. 감성적인 캐릭터 에세이 시장에 꼴뚜기 왕자와 같은 파격적인 캐릭터가 등장한다면 독자에게 색다르게 다가갈 수 있지 않을까 싶어 해당 건을 기획 중에 있습니다. 여러 명의 저자를 후보에 올려두었으나 꼴뚜기의 이미지와 가장 어울리는 건 역시 작가님이라는 확신이 들었어요. 시궁창 같은 현실 속에서도 희망을 잃지 않고 살아가는 작가님의 삶의 태도를, 변기에 빠진 꼴뚜기 왕자에 녹여 글을 써주실 수 있으실는지요. 이른 예측이기는 합니다만 에세이 베스트 진입도 충분히 가능하지 않을까 싶습니다. 결례가 되지 않는다면 만나뵙고 자세한 이야기를 드리고자 합니다. 그럼 답장 기다리겠습니다' 하며 나를 유혹할 것 같아서는 아닌가. 그 제안을 뿌리쳐야 한다고 생각은 하면서도 차마 그리하지 못할 것 같아서가 아닌가….

나는 왜, 이 나이 처먹도록 내가 원하는 게 뭔지도 모르는

가. 아니 사실, 내가 진짜로 원하는 게 뭔지 잘 알고 있으면서도 애써 모르는 척 뻔뻔하게 구는 건 아닌가. 나는 어째서 이다지도 이중적이고 교활하며 개 같단 말인가.

몽상가 주윤 씨의 일일

¶

아무런 목적 없이 광화문으로 향했다. 발길 닿는 대로 걸었지만 실은 어느 데도 가고 싶지 않았다. 이 넓은 서울 땅에 갈 곳 하나 없다는 게 참 희한키도 하다. 사람으로 북적이되 누구도 말은 않는, 그런 고요한 곳 어디 없을까. 모던보이와 모던걸로 번잡한 서울 도심에서 고요를 희망하는 것은 지나친 욕심일지도.

그나마 호젓한 정동길을 휘적휘적 걷다가 삼천 원을 지불

하고 덕수궁 미술관엘 들어오고야 말았다. 무슨 전시를 하는지 살펴보지도 않은 채, 그저 삼천 원어치의 정적을 사기 위해. 과연, 마이크를 든 도슨트 외에는 소리 높여 말하는 이 아무도 없다.

매일매일 삼천 원을 치르고서 서울 그 어디서라도 이러한 고요를 구독할 수 있다면 그리할 텐데. 잡지나 신문만이 아니라 영상, 가전, 의류, 음악, 식료품까지도 구독하는 이 시대에 어째서 고요만은 구독할 수 없는지. 소란을 기피하는 건 진정 나뿐인가 자문해본다.

나는 잠잠한 미술관 안을 자유로이 유영하다가 유리장 안에 전시된 어느 책 앞에 우뚝이 멈추어 섰다. 낡은 티 역력한 그 책의 표지에는 이제는 좀처럼 쓰이지 않는 한자 말이 그득하니 새겨져 있었다.

'小說家 仇甫氏의 一日 朴泰遠'

더듬더듬, 그것을 읽어내는 데 성공한 나는 이게 웬 운명적

만남인가 아무도 몰래 감탄하였다. 여보, 이 오래된 책과 댁 사이에 무슨 연관이 있기에 운명씩이나 갖다 붙이며 호들 갑을 떠는 게요그래, 의문이 생기고도 남으실 터. 고백하려 운을 떼다 보니 기실 별것 아닌 것처럼 느껴져 민망스럽기는 하지만서도 여하튼 이 방정의 근원은 엊저녁에 꾸었던 꿈에서부터 비롯되었다고 할 수 있겠다.

간밤, 나의 꿈에 봉준호 감독께서 강림하셨다. 감독님은 예의 그 스윗한 목소리로 당신과 함께 시나리오를 써보지 않겠느냐 말씀하시며 불우 작가인 나에게 은총을 내리셨다.

영화 보는 걸 그리 즐기지 않음에도 그의 영화만은 단 한 편도 빼놓지 않고 챙겨본 나는, 남들이 미드 섀도잉을 하며 영어 공부에 열을 올릴 때에 "향숙이? 향숙이 예쁘지"〈살인의 추억〉 명대사를 거듭 읊어가며 시나리오를 분석한 나는, 담당 편집자로부터 "지금 우리 회사 앞 카페홈즈에 봉 감독 혼자 일하고 있어. 얼른 와서 사인 받아!"라는 문자 메시지를 받을 만큼 자타 공인 봉준호 덕후인 나는, 감독님께 감사의 절을 올리며 충성을 맹세하고 싶었으나 그의 출중한 재능에 발맞출 자신이 도저히 들지 않았기에 "예에? 저 그런거 할 줄 모르는데…. 못해요 저" 손사래를 치며 거절의 의사를 밝힐 수밖에 없었다.

그러자 감독님은 잘하고 못하고가 어디 있냐고, 그런 고민할 시간에 그냥 하면 되는 거라고, 자꾸만 빼지 말고 의견이나 좀 달라며 미완성 시나리오를 대뜸 내미셨다.

"여기, 여기 말이에요. 주인공이 요리할 때 '마늘을 넣고'라는 이 대사 말이야. 이걸 '마늘을 너코'라고 발음하는 게 좋을까, 아님 '마늘을 느코'라고 발음하는 게 좋을까?"

대답하기를 몹시 주저하던 내가 "아무래두… '느코'가 좋지 않을까요…?" 하고 어렵사리 입을 떼자 감독님은 거봐! 내가 너 잘할 줄 알았다니까! 하는 눈길로 나를 바라보며 칭찬 세례를 퍼부으셨다.

"맞아, 나도 그렇게 생각했어. 마늘은 넣는 게 아니라 느야 제맛이지, 그치?"

똥 밭에서 구르던 황금 돼지가 품 안으로 뛰어드는 꿈을 꾸었다 한들 이보다 더 희망찰 수 있을까. 잠에서 깨어난 나는 언니에게 조르르 달려가 이 어마어마한 길몽에 대해 신나게 떠들어댔다. 그러나 잔뜩 들뜬 나와는 달리 언니의 반응은 무미건조하기 짝이 없었다.

"꿈을 꿨네 꿈을."

부정적인 뉘앙스에 기분 상한 내가 아무런 대답을 않자 언니는 다시 한번 힘주어 말했다.

"말 그대로 꿈이라고, 꿈."

푸릇푸릇 돋아나는 잡초에다 농약을 치기라도 하는 것처럼, 언니는 독한 말을 찍찍 갈겨대며 나의 기를 죽여놓았다.

"봉준호네 외할아버지가 그 무슨, 엄청 유명한 소설가라며. 누구더라… 아, 그래!《소설가 구보 씨의 일일》쓴. 봉준호가 괜히 세계적인 감독이 됐겠어? 할아버지 재능 고대로 물려받은 거지. 너 항상, 니가 좀 더 좋은 교육을 받았으면 지금보다 더 나았을 거라고 하는데, 쌔가 빠지게 노력해도 유전자 타고난 사람은 못 쫓아가. 이런 집안에서 너 정도 했으면 잘된 거야. 너는 인정하고 싶지 않겠지만 지금 이게 니 최대치라고. 엄마, 얘 좀 봐? 왜 화를 내고 그래! 그냥 이게 니 최대치라니까."

그래, 백수건달 아니면 장사꾼뿐인 집안에서 나는 태어났다. 예술가의 피 한 방울 섞이지 않은 나 자신이 못내 아쉽기는 하지만 건달이 아닌 장사꾼을 아버지로 둔 것을 불행 중 다행으로 여기며 가슴을 쓸어내리곤 한다.

하지만 가끔 생각한다. 할아버지의 할아버지의 어머니의 할아버지로 거슬러 올라가다 보면 이야기꾼 하나쯤은 있을지도 모른다고. 당신이 장사꾼인 사실을 마뜩잖아하는 내 아버지가 술을 마실 때마다 "아부지가 고등학생 때 말이다.

글을 넘무너무너무너무넘넘 잘 썼던 거라. 오죽하면 교감 선생님이 나를 교무실로 따로 불러가지구서는 글쓰기 과외를 다 해줬게?" 하는 과거지사를 안주 삼아 이야기하는 걸 보면 정말 그럴지도 모른다고.

당신이 좋건 싫건 어찌 되었든 장사꾼으로 살아가는 내 아버지가 '거시기'라는 상호의 음식점을 차릴 거라며 상표 등록을 출원했을 때 모두가 그 이름을 비웃었으나 그로부터 얼마 지나지 않아 영화 〈황산벌〉에서 "거시기"라는 대사가 빵 터지는 바람에 온 대한민국에 거시기 열풍이 불었던 일화를 떠올려보면 아빠의 몸 어느 한구석에는 언어와 관련된 유전자가 숨어 있을지도 모르는 일이라고 말이다.

남들에게는 글쓰기에 천부적인 재능이 있는 것처럼 온갖 허풍을 다 떠는 나지만, 동네를 산책할 적에 작가다운 사색에 잠기기보다는 빈 상가에 눈이 더 가는 걸 보면 어쩔 수 없는 장사꾼의 후예임을 절감한다.

이 자리에 이자카야가 생기면 좋을 것 같은데 하고 생각하면 머지않아 이자카야가 들어서고, 이 자리에 족발집이 문을 열다니 얼마 못 가겠네 하면 오래지 않아 '임대'라고 쓰인 종이가 문간에 나붙는 일을 여러 번 목격하다 보니 내가 직접 음식점을 차린다면 적어도 말아먹지는 않을 거라는 몹쓸 자신감마저 생겨버리고야 말았다.

나는 상상한다. 도무지 글은 써지지 않고, 애써 탈고한 원고를 연재처에 넘겼음에도 준다던 돈은 들어오지를 않고, 하루라도 빨리 이 일을 때려치우고 먹고살 궁리를 해야 하는 것 아닌가 불안이 엄습해오는 그러한 날에는 이러한 상상을 하지 않을 도리가 없다.

안경을 코끝까지 내려쓰고서 '거시기 보리밥' 계산대에 앉아 조간신문을 보는 내 모습을. 어느 신인 작가의 통통 튀는 칼럼을 읽으며 "나도 왕년에는 글깨나 썼지" 하며 내 아버지처럼 추억을 곱씹는 모습을. 그러다 문을 밀고 들어오는 손님 한 무리에 돌연 현실을 자각하고 가게 안을 휘이 둘러 보는 중년의 내 모습을.

"마음껏 드세요 마음껏들. 고사리 느코 무생채도 느코. 아유- 참기름을 팍팍 느야 맛있지, 팍팍!"

낙인처럼 새겨진 이 유전자는 정녕 어찌할 수 없단 말인가. 갑갑한 마음을 풀 길 없던 나는《소설가 구보 씨의 일일》을 외투 주머니에 찔러넣은 채 광화문행 전철에 무작정 몸을 실었다.

덜컹이는 전철이 여의도를 지나 공덕을 거쳐 서대문으로 향하는 동안, 휴대전화를 쥔 현대인들 틈에 오도카니 끼어 앉아 이 소설을 다시금 훑어보았다. 비평가도 무엇도 아닌 탓에 이것이 얼마큼 놀라운 소설인지, 구보 박태원이 얼마 만큼 훌륭한 소설가인지 가늠할 수는 없겠으나 이다지도 긴 세월 읽히는 글을 쓰다니 참으로 대단키도 하다 내심 시 샘하였다.

광화문역에 쏟아져내린 사람들은 제 갈 곳을 찾아 뿔뿔이 흩어졌다. 가고픈 데도, 만날 이도 없는 나는 구보처럼 이리저리 종로를 떠돌았다. 적당한 찻집이 있으면 엉덩이를 뭉근히 붙이고 앉아 무어라도 끼적여볼까 하였으나 화신상회였던 종로타워를 지나 낙랑파라였던 플라자호텔에 다다르도록 들어서는 곳마다 소란 통이었다.

그리하여 피난 가듯 정동길로 걸음을 옮기고, 게서 가까운 덕수궁 미술관엘 들어서게 되었는데 거기서, 바로 거기에서 《小說家 仇甫氏의 一日》을 만나고야 만 것이다.

나는 주머니 속에 든 《소설가 구보 씨의 일일》을 만지작거리며 《小說家 仇甫氏의 一日》을 애틋한 눈으로 바라보았다. 점잖은 노인의 얼굴을 한 그 책이, 아주 오래전부터 너와 만나기를 기다려왔노라, 나에게 고백하는 것 같았다. 자꾸만 방황하는 너를 이곳으로 이끌기 위해 손주 녀석을 너의 꿈속으로 친히 보냈노라, 내 귀에 속삭이는 것 같았다.

너의 재능일랑 의심하지 말거라, 그러한 근심에서 빠져나올 수 없거든 마냥 괴로워하지만 말고 그 근심에 대해서라도 쓰도록 하거라, 그렇게 거듭 쓰다 보면은 너 역시 나처럼 오래도록 기억될 작품 하나 남길 수 있지 않겠느냐, 지친 내 등을 다독이는 것 같았다.

수십 명의 관람객이 우리 곁을 스쳐 지나가도록 구보 선생의 긴긴 이야기는 끝날 줄을 몰랐다. 선생의 귀한 말씀 하나하나가 마음 깊은 곳에 씨앗처럼 뿌려졌다. 됐다, 이제 가거라, 나머지는 너의 몫이다. 건필을 기원하는 그를 뒤로한 채 미술관을 나서는 나의 가슴속에, 전에 없던 뿌리가 내려지는 듯싶었다.

아니, 그러니까 고작 이게 이 책과 댁의 운명적인 만남이라는 말이우? 사람 싱겁기두. 피식 김새는 소리를 내실는지 모르겠지만서도 이보우, 젊으신네. 나 역시 이러한 내 모습이 길을 걷다 우연히 만난 남자를 연분이라 오인하여 남은 생을 몽땅 걸어버리고야 마는 여인처럼 어리석다는 것쯤은 잘 알고 있습니다.

하나 금일의 만남을 인연이라 여기지라도 않으면 내 하루가 너무나 보잘것없어질 터이니 나 이것을 피할 수 없는 운명으로 받아들이는 수밖에 더 있겠나요. 까짓것, 운명이 아니어도 실망치 않겠습니다. 오늘과 같은 날이 모이고 또 모이다 보면 머지않아 꿈꾸던 미래를 맞이하고야 말 것이라는 깜찍한 기대를, 저는 하고 있으니까요.

예에? 무엇이 어쩌고 어째요? 지금 저더러 말 그대로 꿈을 꾸고 있다고 그러셨어요? 호호, 거참 듣기에 좋은 소리로군요. 소설가가 되기 전까지 몽상가라 불리는 것도 꽤 감미롭다는 생각이 드는걸요.

Part 2

이것은 노하우가 아니다

그 많은 글쓰기 책을 읽고 내린 결론

¶

서점에 쭈그리고 앉아 이 책을 읽건, 도서관에서 대출해 읽건, 밀리의 서재에서 아무 책이나 펼쳐보다 우연히 읽건, 너무나 황송하게도 돈 주고 이 책을 사서 읽건, 서평단에 당첨되어 기간 내에 리뷰를 써야 하는 관계로 억지로 읽건, 나의 졸저를 손에 쥔 경로가 어찌 되었든 간에 당신은 글쓰기에 지대한 관심이 있는 사람일 것이라 미루어 짐작해본다.

반갑다, 동지여. 나 역시 글을 더 잘 쓰고 싶어 안달이 났을 적에 수많은 관련 도서를 탐독한 경험이 있기에 여러분에게 깊은 동지의식을 느낀다. 그리하여 나, 그동안 꼭꼭 숨겨왔던 나만의 글쓰기 비법을 털어놓는 것으로 동지 여러분에게 자그마한 힘을 보태고자 한다.

대단한 비법이라 비밀에 부쳤던 게 아니라 너무나 야매 같아서 입 다물고 있었던 것이기는 하지만 뭐 어쨌든, 최초 공개할게요.

나는 정말, 많고 많은 글쓰기 책을 읽었다. 글쓰기에 정답이 있는 게 아닌 만큼 저자들의 작문법은 각양각색이었다. 그들이 제시하는 방법을 모두 받아들이기 어려웠던 나는 취사선택을 하기로 했다.

이태준 선생은 귀뚜라미에서 시작하여 가을로 퍼져나가는 글을 써야지, 가을에서 시작하여 귀뚜라미로 졸아드는 글을 써서는 안 된다고 하셨다. 아아, 뭔 말인지 잘 모르겠는데 뭔 말인지 너무 잘 알겠어! 이를 취하기로 했다.

거시기 저자는 문단 첫머리를 접속사로 시작하지 말라고 신신당부했다. 왜? 난 그렇게 쓰는 게 좋은데. 분위기 전환하는 데 그만큼 효율적인 방법이 또 있나. 그러거나 말거나 난 그냥 쓸 거야. 버리기로 했다.

마광수 오라버니는 술술 읽히는 글이 좋은 글이니 쉬운 글을 쓰는 데 목표를 두고 열심히 습작하라 하셨다. 맞아 맞아, 오빠 말씀이 다 맞아! 취하기로 했다.

뭐시기 저자는 글 쓰는 중간에 국어사전을 찾아보지 말라며 혼을 냈다. 아니, 난 국어사전 없이는 못 살아. 당신이 뭔데 나의 유희를 제지해. 버리기로 했다.

여러 조언 중 가장 가슴에 와닿았던 건 마광수 오라버니의 말씀이었다. 아무리 좋은 내용의 글이라 한들 읽기에 어려우면 그 누구에게 가닿을 수 있단 말인가. 그리하여 쉽게 읽히는 글을 쓰는 것에 초점을 맞추고 다시 한 번 글쓰기 책들을 훑어보았다.

모든 책에서 공통으로 조언하길, 말하듯이 쓰되 단문을 사용하라고 했다. 시키는 대로 글을 써보았다. 과연 쉽게 읽히기는 하였으나 경상도 남자의 일기장처럼 영 재미가 없었다. 버리자. 나에게 맞지 않는 조언은 과감히 버려버리자.

그렇게 한동안, 쉽고 재미있는 글의 길라잡이를 찾아 헤매던 나는 장기하와 얼굴들의 〈싸구려 커피〉를 듣다가 무릎을 쳤다. 이거다, 이거야! 장기하의 노래는 말 같기도 하고 글 같기도 했다.

가사는 주로 짧았지만 때로는 숨이 넘어갈 정도로 길기도 했는데, 그럼에도 절대 헐떡이는 법이 없었다. 적당한 위치에서 살짝살짝 끊어 부르며 숨 쉴 틈을 주었기 때문이다. 짧은 가사와 긴 가사가 어우러져 리듬을 만들어내니 듣기에 지루하지도 않았다. 저 양반 저거저거, 능구렁이 담 넘어가듯이 아주 그냥 능글능글 노래 부르는 것 좀 보소!

장기하를 접한 이후로 나는, 내 글을 글이 아닌 노래라 생각하며 쓴다. 그리하여 다 쓰고 난 후에는 노래를 부르듯 글을 불러 본다. 눈으로 볼 때는 매끄러워 보였던 문장도 소리 내어 읽으면 걸리는 것투성이다.

글을 읽다가 발음이 걸리면 부드럽게 고치고, 문장의 리듬이 마음에 걸리면 두 문장을 한 문장으로 합쳐보기도 했다가 한 문장을 두 문장으로 쪼개보기도 하며 적절한 리듬을 찾아낸다. 쉼표도 여기 찍었다 저기 찍었다, 쉼표 따라 숨을 여기서 쉬었다 저기서 쉬었다, 글을 처음부터 끝까지 읽으며 한 군데도 걸리는 곳 없이 능구렁이처럼 능글능글 읽힌다면 그제야 손을 뗀다.

나는 생각한다. 리듬을 염두에 두고 글을 쓰다 보면 술술 읽히면서도 재미있는 것은 물론이요, 자신만의 문체까지 덤으로 생겨난다고 말이다. 글쓰기 초보자라면 단문에서부터 시작하는 편이 좋기는 하겠지만 언제까지 무뚝뚝한 단문만 쓰며 살 텐가! 난 그런 글은 영 게을러 보여서 싫더라. 물론, 취사선택은 여러분 몫이니 알아서들 결정하시길.

간호사에서 작가로 데뷔하기까지

¶

국문과나 문창과를 나온 것도 아니면서, 게다가 글이랑은 전혀 상관없는 직군에서 일했으면서, 아니 또 그렇다고 등단을 한 것도 아니면서, 어떻게 작가가 되었느냐는 질문을 종종 받는다. 설명하기에 너무 길기도 하고 기실 별거 아닌 방법이기도 해서 "그냥 어쩌다 보니까 그렇게 됐어요"라고 얼버무리곤 했는데, 뭐 또 이렇게 멍석이 깔렸으니 이야기를 꺼내보고자 한다.

나는 어느 예대의 그래픽디자인과를 우수한 성적으로 졸업한 후, 어느 간호대의 간호학과에 곧바로 입학하여 그지 같은 성적으로 다시 한 번 졸업했다.

이 글을 읽는 여러분은 두 전공 사이에 어떠한 연관성도 없으며 예대를 다니던 사람이 간호대를 다니기가 절대로 만만치 않을 거라는 사실을 쉽게 유추할 수 있을 것이다. 모두가 아는 걸 왜 나만 몰랐을까. 왜긴 왜야. 멍청하니까 그렇지.

복잡다단했던 그때의 상황을 줄이고 줄여 말해보자면, 나는 내가 무엇이 되고 싶은지 잘 몰랐는데 나의 부모는 무엇이든 돼야 한다고 자꾸만 나를 재촉했고 그럴 때마다 덜컥덜컥 엉뚱한 선택을 하다 보니 결국에는 이상야릇한 길을 걷게 되었다고나 할까. 어쨌든 모든 결정은 스스로 내렸으니 그 누구를 원망하랴.

각설하고, 성적이 그 모양 그 꼴인데도 나를 받아주는 병원이 있었다. 한 1년쯤, 응급실에서 삼교대 근무를 하며 울고 짜는 나날을 보내다가 이렇게 살다가는 죽겠다 싶어 사직서를 내고야 말았다. 통장에는 눈물콧물의 대가로 받은 월급이 약간 남아 있었다.

그 돈으로 글쓰기 학원에 등록했다. 수업을 들으며 나만의 소재를 찾아 글을 쓰는 방법, 출판 기획서를 작성하는 방법, 출판사에 메일 보내는 방법, 출판사 사람을 만나 내 글을 소개하는 방법 등을 알게 되었다. 또한 고매하신 분들만 글을 쓰던 시대는 지났다는 것, 관심사가 같은 사람들과 이야기를 나누면 즐겁다는 것, 하고 싶은 일을 하면 밤을 새워도 우울하지 않다는 것 역시 알게 되었다.

여름에 시작한 수업은 겨울이 깊어질 무렵 끝났다. 과제로 제출했던 나의 기획서와 샘플원고는 선생님을 통해 어느 작은 출판사에 전달되었다. 그렇게 계약을 했고 그렇게 첫 책을 냈다.

책은 망했다. 이유야 여러 가지가 있겠지만 대표는 일방적으로 내 탓을 하며 문창과에 가서 제대로 공부하라고 나를 닦달했다. 너무너무 열이 뻗쳐서 어느 대학의 문예창작과 편입 시험을 봤다. 하지만 나 이주윤의 빛나는 능력을 미처 발견하지 못한 교수들은 불합격을 선언했다.

학교에서 받아주지 않으니 학원을 찾아다니기 시작했다. 한겨레문화센터, 상상마당, 방송작가교육원, 각종 인터넷 강의 등등. 글쓰기 관련 도서도 읽기 시작했다.《문장강화》《나의 한국어 바로쓰기 노트》《시나리오 어떻게 쓸 것인가》《시학》《뼛속까지 내려가서 써라》《현대소설작법》《당신은 이미 소설을 쓰기 시작했다》등등. 울면서 필사도 했다. 하근찬, 이범선, 박형서, 은희경, 신경숙, 김애란 등등. 물론 신춘문예에 단편소설도 내봤고 새로운 기획서와 샘플원고를 써서 다른 출판사에 보내보기도 했다. 모조리 물만 먹기는 했지만.

자자, 이쯤에서 주목. 펜 꺼내서 밑줄 그을 준비!

앞에서 언급한 모든 과정이 내가 작가가 되는 데 얼마간의 도움을 주었겠지만 그래도 가장 결정적인 역할을 해준 건 뭐니 뭐니 해도 나의 첫 책을 편집한 편집자의 입김이다.

책 한 권 말아먹은 게 작가 경력의 전부였던 나를 "얘 잘 써요. 진짜 잘 쓰는데!" 하며 이직한 출판사 사람들에게 소개해주고, 그 출판사에서 두 번째 책을 낼 기회까지 덤으로 주었으니, 망해가는 작가 생활에 심폐소생을 한 생명의 은인이라 해도 과언이 아닐 터.

그러니까 내 말은, 작가가 되기 위해서는 글쓰기 공부를 게을리하지 않으면서도 인맥, 특히 편집자와 좋은 관계를 유지하여 출판의 기회를 얻어야 한다는 뜻이다. 이게 무슨 시시껄렁한 소리인가 싶으시겠지만 상업 출판에서 살아남기 위해서는 이것보다 더 중요한 건 또 없다고 본다. 책을 쓰고 만드는 데 있어서 편집자가 얼마나 중요한 역할을 하는 사람인지는 추후에 기술하도록 하겠다.

작가가 되는 데는 여러 가지 방법이 있다. 내가 걸어온 길은 지름길과는 멀어도 너무 멀기에 여러분에게 추천하고 싶지는 않다. 하지만 이미 길을 잃어 헤매는 중이라면, 그리하여 도대체 어디로 가야 할지 감조차 잡히지 않는다면, 글쓰기 관련 수업부터 들어보시기를 적극 권장하는 바이다. 되도록 온라인 말고 오프라인으로. 이건 내가 '실버대학까지 다닐 년'이라서 하는 말이 아니다.

출판 역시 사람이 하는 일이다. 자꾸만 이쪽 바닥으로 끌어주는 귀인을 만나야 뭐라도 되지 않겠는가. 단, '모든 출판사가 원하는 원고 쓰는 방법을 알려드립니다!' 따위의 말 같지도 않은 멘트를 치거나 '이거 사기꾼 아니야?' 싶을 정도로 비싼 수강료를 요구하는 학원은 꼭꼭 피하시길. 왜냐하면 짐작하신 대로 사기꾼이 맞으니까.

끄적거리는 일기도 습작이 될까

¶

유명 작가들에게 글쓰기 비법을 물으면 한결같이 이렇게 말한다. 게으름 부리지 않고, 꾸준히 매일매일, 자신이 정해놓은 분량의 글을 쓴다고. 쓸 말이 있건 없건 무조건 쓰고 본다고. 글쓰기는 근육과도 같아서 날마다 단련하지 않으면 글 쓸 힘을 얻지 못한다고.

아아, 이것이 바로 그들과 나의 차이란 말인가. 나는 때려죽인대도 저렇게는 못한다. 하지만 그렇게 각 잡고 쓰는 글 말고, 한 줄짜리 일기처럼 날마다 끄적여보라고 한다면 고 정도는 얼마든 할 수 있을 것 같다.

스물한 살 때부터 나는 블로그에다 일기를 썼다. 청소년 시절에도 내 인생이 썩 마음에 들진 않았지만 성인이 되면서부터는 이때까지와는 차원이 다르게 팔자가 꼬인다는 느낌을 받았는데, 친구에게 인생살이의 쓴맛을 밤낮으로 털어놓는 일만으로는 속이 시원치 않아 블로그에다가 세세한 징징거림을 쏟아놓기 시작한 것이다. 블로그에 처음으로 쓴 일기는 어떤 내용일까 문득 궁금해져 한번 찾아봤다.

2005년 7월 12일 오후 3시 16분
아, 슬프다. 누가 알까. 이 마음. 메롱 까꿍. 무지 슬프다.

메롱 까꿍이라니… 뭔가 그럴싸한 글이 나올 줄 알았는데. 도대체 왜 이런 걸 써재낀 건지 그 이유는 알 수 없으나 하여튼 이게 내 글쓰기의 시작이었다.

어떤 날은 이렇게 한 줄로 끝나기도 했지만 또 어떤 날은 마우스 휠을 몇 번이나 도르르 도르르 돌려야 할 정도로 긴 글을 쓰기도 했다. 그 내용은 살기 힘들어 죽겠네, 학교 다니기 싫어 죽겠네, 문창과 편입하고 싶어 죽겠네, 소설 잘 쓰고 싶은데 안 써져서 죽겠네, 내가 좋아하는 남자가 나 안 좋아해서 죽겠네, 죽겠네 죽겠네 죽겠네 타령이었다.

거의 매일, 하루에도 두세 번씩 일기를 썼다. 왜냐하면 거의 매일, 하루에도 두세 번씩 힘들었기 때문이다.

캐릭터 연구 워크숍을 수강할 때 고재귀 선생님께서는 내 과제에 이런 평을 해주셨다.

"아주 오래전부터 습작을 해온 사람이 쓴 글이라는 느낌이 듭니다."

나는 그런 척하고 잠자코 앉아 있었지만 사실은 블로그에 일기를 씨불인 것 외에는 별다른 습작을 해본 적이 없었기에 무척이나 뜨끔했다. 하지만 시간이 <u>흐르고</u> <u>흐르고</u> <u>흐른</u> 뒤에 알게 되었다.

소설이나 시를 쓰겠다는 굳은 마음가짐으로 써내려간 글만이 글이 아니라는 사실을. 내 일기를 소설처럼 쓴다면 그게 소설이 되고, 내 일기를 시처럼 쓴다면 그게 바로 시가 된다는 사실을. 그러니까 내가 써온 일기 모두가 습작이었다는 사실을 말이다.

이렇게 이야기해도 일기 따위는 글 쓰는 데 하등 도움이 되지 않을 거라 여기는 분이 분명 계실 터. 그리하여 나보다 백배 천배 믿을 만한 이태준 선생의 책 한 구절을 인용하여 나의 주장에 힘을 보태어보도록 하겠다.

일기는 앨범과 같이 과거를 기념하는 데만 의미가 다하지 않는다. 과거보다는 오히려 장래를 위한 의의가 더욱 크다. (…) 문장 공부가 된다. '오늘은 여러 날 만에 날이 들어 내

기분이 다 상쾌해졌다'라는 한마디를 쓰더라도, 이것은 우선 생각을 정리해 문자로 표현한 것이다. 생각이 되는 대로 얼른얼른 문장화 하는 습관이 생기면 '글을 쓴다'는 데 새삼스럽거나 겁이 나거나 하지 않는다. (…) 관찰력과 사고력이 예리해진다. 보고 들은 것에서 중요한 것을 취하자면 우선 가볍고 보잘것없는 사물에도 치밀한 관찰과 사고가 필요하다. 관찰과 사고가 치밀하기만 하면 '만물정관개자득'이라는 말처럼 세상 만물의 진상과 그 오묘한 뜻을 모조리 밝혀나갈 수 있을 것이다. 그러므로 일기는 훌륭한 인생 자습이라 할 수 있다.

－《이태준의 문장강화》(랜덤하우스코리아, 2008)

이 글을 읽는 여러분 모두, 나이를 먹을 만치 먹었을 테니 다른 사람들은 내 고민에 큰 관심이 없다는 실상을 이미 잘 알고 계실 것으로 사료된다. 그러니 친구를 붙잡고서 인생의 고단함을 털어놓는 쓸데없는 과정은 과감히 생략하고 일기에다 한풀이를 해보시기를 권한다.

한 줄도 좋고, 열 줄도 좋고, 오조 오억 줄도 좋다. '부담 없이 일기를 쓴다면 쓸거리가 넘쳐난다'에 내 손목과 내 아이패드 프로와 애플 펜슬을 건다. 왜냐하면 아까도 말했다시피 살다 보면 거의 매일, 하루에도 두세 번씩 힘든 일이 있을 것이기 때문이다.

시작은 미약하겠지만 끝은 창대할 것이다. 메롱 까꿍에서 시작한 내가 이렇게 책 한 권을 쓰고 있는 것처럼 말이다.

나는 어쩌다 신문 연재 기회를 얻게 되었나

¶

개가 길에다 똥을 쌌다. 지나가던 사람이 '똥이네' 생각하며 똥을 지나쳤다. 개는 다음 날도 그 자리에 똥을 쌌다. 다음 날도 그다음 날도 똥 옆에 똥을 싸고 똥 위에 똥을 쌌다. 1년 이 지나자 그곳은 개똥밭이 되었다. 지나가던 사람이 걸음 을 멈추고 개똥밭 앞에 섰다. "아니, 어떤 미친개가 여기다 똥을 무더기로 싸놨어? 냄새가, 아우, 냄새가 말도 못해. 이 런 미친 똥개 새끼!" 고래고래 소리 지르며 욕을 욕을 했다.

열이 잔뜩 받은 그가 다른 사람들을 데리고 개똥밭에 왔다. "보소, 보소, 사람들아 이것 좀 보소. 어떤 똥개 새끼가 여기다 똥을 싸질러 놨네. 치울 수도 없을 만치 많이도 퍼질러 놨네. 아… 나, 이 개새끼 면상 한번 보고 싶네그려!" 사람들이 수군수군 똥개의 이름을 불렀다. 마을에 똥개 똥개 소리가 메아리치듯 울려 퍼졌다. 개는 그냥 개가 아니라 똥개가 되었다. 근성 있는 똥개. 핫한 똥개. 트러블 메이커 똥개.

2013년 4월 11일 오후 2시 16분, 나는 내 블로그에 이러한 글을 썼다. 비록 내 글은 똥처럼 보잘것없지만 자꾸자꾸 쓰다 보면 이름을 알릴 수 있을 거라는 염원을 담아 쓴 글이었다. 그로부터 몇 년 후, 정말로 그런 일이 일어나고야 말았다.

《오빠를 위한 최소한의 맞춤법》이라는 책을 출간하고 얼마 지나지 않았을 무렵이었다. 담당 편집자의 전화를 "왜?" 하며 받아들자 그녀는 한숨 섞인 담배 연기를 쓰읍, 후우- 내뱉으며 조심스레 물었다.

"조선일보에서 연락이 왔는데 칼럼 쓸 생각 있어?"

그녀는 쏟아지는 악플을 내가 견디지 못할 것 같다며 걱정했지만 나는 잠시 고민하다가 즉시 대답했다.

"써야지."

나에게 지면을 내어주신 조선일보 부장님께서 무명작가인 나를 알게 된 사연은 이러했다. 옛날 옛날 한 옛날, 인적 없는 나의 개똥밭, 아니 아니 나의 블로그에 어찌어찌 흘러들어와 나의 똥을, 아니 아니 나의 글을 재미나게 구경하셨단다. 이 정도 글이면 책도 냈겠다 싶어 찾아보았더니만 웬 에세이집도 한 권 냈더란다. 기회가 되면 청탁을 해야겠다고 생각을 하다가 나의 존재를 까맣게 잊고 지내셨단다.

그러던 어느 날 신문사로 배송된 신간《오빠를 위한 최소한의 맞춤법》을 우연히 집어 들었는데 표지에서 낯익은 이름을 발견했고 혹시 이 이주윤이 내가 아는 이주윤인가, 맞네 맞네 이 이주윤이 그 이주윤 맞네, 때마침 지면도 비는데 청탁 한번 해봐야겠다, 하여 인연이 닿게 된 것이다. 신기하고도 묘한 일이다.

그러니까 뭐랄까, 좀 재수 없게 들릴지는 모르겠지만 그냥 가만히 있었는데 어쩌다 보니 그렇게 되었다는 말이다. 한마디로 운이다, 운.

청탁 아니면 투고. 신문에 당신의 글을 싣는 방법은 둘 중 하나일 것이다. 그런데 맨땅에 헤딩하듯 무작정 투고했을 때 담당자가 당신의 글에 관심을 보일 확률이 얼마나 될까? 당신은 과연, 짧은 글 한 편으로 읽는 이의 심금을 울릴 능력이 있는가? 아마 김승옥 선생의 할아버지께서 투고를 하신대도 연재 성사는 불가능이지 않을까 싶다.

그러니까 내 말은; 투고를 하지 말라는 게 아니라, 투고를 할 때 하더라도 남들이 볼 수 있는 공간에 꾸준히 글을 써두

란 말이다.

나처럼 우연한 기회에 관계자의 눈에 띄어 좋은 기회를 얻을 수도 있고, 투고 메일을 보낼 때 슬그머니 링크를 걸어 "앗, 이 글이 마음에 안 드신다구요? 잠깐, 잠깐만요! 저 이거 말고도 이만큼이나 써뒀거든요?" 하며 다른 글을 보여줄 수도 있는 것 아닌가.

이런 나의 사고방식이 구닥다리 같다 생각하실지도 모르겠다. 지면을 내어줄 사람에게 선택받기를 목 빠지게 기다리는 대신, 이슬아 작가처럼 구독자를 화끈하게 모은 후 자신의 글을 위풍당당 선보이는 청춘스러운 연재가 대세니까.

그러나 우리 모두는 이미 알고 있다. 그녀는 군계일학이고 우리는 똥이나 싸는 개라는 슬픈 현실을 말이다.

하나 좌절하기에는 이르다. 개들이여, 일단 싸라. 아니 아니, 써라. 내가 하는 이 소리가 사람 소리인가 개소리인가 의구심이 들더라도 멈추지 말고 그냥 마구잡이로 써라. 오늘도 한 편, 내일도 한 편, 글 위에 글을 쓰고 글 옆에 글을 써라.

그렇게 당신만의 개똥밭을 꾸준히 일구다 보면 분명 희망의 새싹이 돋아날 것이라고, 이 똥개- 큰소리로- 힘차게- 짖습니다! 멍멍!

책 한 권을 내면 얼마를 벌 수 있을까

¶

글 쓰는 일을 하면서 돈 걱정을 하지 않은 지는 몇 년 되지 않았다. 돈 걱정을 하지 않는다는 건 돈을 마음 놓고 펑펑 써도 될 만큼 풍족하게 번다는 뜻이 아니라, 잔고가 없을지도 모른다는 두려움으로 계좌 확인하기를 미루는 일을 더는 하지 않게 되었다는 말이다.

병원을 그만두고 첫 책을 냈을 때는 그랬다. 가만히 앉아 숨만 쉬어도 나갈 돈은 천지인데 돈 들어올 구석은 전혀 없고,

줄어만 가는 잔고를 이 내 두 눈으로 확인하기가 두려워 자꾸만 현실을 회피하다가 그만 신용카드가 정지되기까지 했었다.

사람들은 이런 나를 한심한 눈으로 바라보며 병원에 다시 취직하든 카페에서 아르바이트를 하든, 성인이면 성인답게 경제활동을 하라며 일침을 놓았다. 나도 나 자신이 한심하기는 마찬가지였다.

꼬박 1년을 투자해 쓴 첫 책으로 내가 손에 쥐게 된 돈은 250만 원이 채 안 된다. 돈을 많이 벌지 못할 거라 예상은 했지만 이 정도일 줄은 정녕 몰랐었다. 어찌하다 최저시급에도 미치지 못하는 돈을 받게 되었는지 혹시나 궁금해하실 분들이 계실까 하여 그 계산법을 설명해드리도록 하겠다.

책의 정가는 12,500원이었고, 책 한 권이 팔릴 때마다 나는 인세 10%에 해당하는 1,250원을 가져가기로 계약을 했다. 초판 인세는 책이 팔리건 팔리지 않건 책을 찍은 만큼 준다는 희소식에 잠시 기뻐했으나, 초판은 고작 2,000부를 찍었으며, 책은 쫄딱 망했으므로 재쇄 따위는 영영 찍지 않았으니 나는 초판 인세만 받게 된 셈이다.

고로 1,250원×2,000부=250만 원. 그런데 여기서 세금 3.3%를 뗀 결과 240만 원 언저리의 서글픈 돈이 나에게 떨어지게 된 것이다.

대부분의 저자가 이 정도 조건으로 계약을 한다. 아니꼬우면 많이 팔릴 만한 글을 써서 책을 많이 팔아먹은 다음 그만큼 많은 돈을 가져가면 된다. 그러나 그게 어디 말처럼 쉬운 일이겠는가. 글을 써서 돈 버는 일은 요리조리 따져보아도 도저히 수지 타산이 맞지 않았다.

그럼에도 나는 이 일을 계속하고 싶었다. 이 일을 할 때만이 내가 나인 것 같았기 때문이다.

그리하여 일단 병원에 재취업을 한 다음 틈만 나면 출판계를 기웃거렸고, 병원을 그만두었을 때는 있는 돈을 최대한 아껴 쓰면서 출판계 입성을 호시탐탐 노렸으며, 통장에 돈이 다 떨어져갈 무렵에는 알라딘 중고서점에 안 읽는 책을 내다 팔아 비상금을 마련하여 다시 병원으로 돌아가는 일만은 막아보고자 애를 썼는데, 그쯤 하여 출판 일러스트 일을 시작하게 되면서 이 바닥에 엉덩짝을 짝 붙여놓게 된 것이다.

솔직히 고백하자면 나는 그림 그리는 일을 썩 좋아하지 않는다. 인스타그램에 자신의 작업 과정을 공개하는 일러스트레이터들처럼 쓱싹하면 뚝딱하고 그림을 그려내지도 못한다. 한 컷을 그리는 데도 고생 고생 개고생. 그렇게 갖은 애를 다 써서 그린 그림을 출판사에 보내도 수정 수정 또 수정. 한마디로 그림에 소질이 없다는 말이다.

이다지도 그림 그리는 걸 힘겨워하면서도 자꾸만 그림을 그릴 수밖에 없는 이유는 글로 버는 돈보다 그림으로 버는 돈이 훨씬 짭짤하기 때문이다.

책 한 권을 내면 과연 얼마를 버는지, 글로 밥벌이를 하는 법은 무엇인지 궁금하여 이 페이지를 펼쳤을 여러분에게는 죄송한 말씀이지만 무척이나 애석하게도 나는 아직 그 방법을 모른다.

몇몇 베스트셀러 작가를 제외하고서는 나와 상황이 별반 다르지 않을 것이라 예상해본다. 그러니 강연을 다니거나, 학생을 가르치거나, 편의점에서 아르바이트를 하며 돈을 벌겠지.

나는 요즘 계좌 조회를 자주 한다. 직장인처럼 정해진 날에 월급을 받는 게 아니라 여기저기서 이따금 돈이 들어오기에 입금이 제대로 됐는지 확인하기 위해서다. 얼마 되지 않는 나의 전 재산을 목도할 때면 여전히 스스로가 한심하다. 몇 년만 더 살면 내 나이가 마흔인데 돈이 이거밖에 없나. 나는 분명 하루도 쉬지 못하고 쌔가 빠지게 일하고 있는데 버는 돈이 고작 이것뿐인가. 여태껏 그래왔듯 포기하지 않고 꾸준히 하다 보면 언젠가는 나아질 수 있을까. 하고 싶은 이야기가 넘쳐나거나 열정이 솟구쳐 오르는 것도 아닌데 혹시 지금보다 더 나빠지는 건 아닐까.

그럼에도 나는 여전히 이 일을 하고 싶다. 앞으로 남은 길고 긴 세월을 '내가 아닌 나'로 살아갈 자신이 없기 때문이다.

책을 골라 읽는 지극히 주관적인 기준

¶

대학 다닐 때는 나도 소설깨나 읽었지만 요즘엔 좀처럼 책에 손이 가지 않는다. 유튜브에서 온갖 먹방, 근육남 브이로그, 외국 과자 언박싱, 피지 짜는 영상 같은 걸 보는 것만으로도 24시간이 모자라기 때문이다.

그나마 출판 일러스트 일을 하고 있기에 '책'이 아닌 '원고'를 무지하게 많이, 게다가 꼼꼼히, 심지어는 여러 번씩 읽고는 있다. 기저귀 한 번 안 갈아봤는데 육아 원고, 적금 하나

들지 않았는데 재테크 원고, 나랏일에 대해서는 아는 바가 없는데 국가행정조직 원고, 쓰레기처럼 엉망진창으로 살고 있는데 자기계발 원고, 남자 손 잡아본 게 언제인지 기억도 안 나는데 성교육 원고… 뜻하지 않게 다양한 분야의 원고를 읽다 보니 소설만 탐독하던 대학생 때보다 오히려 똑똑해진 것 같기도 하다.

편집자가 내게 일러스트를 의뢰할 때, 교정교열은 물론 본문 디자인까지 끝마친 교정지를 건네주기도 하지만 대부분의 경우에는 저자가 쓴 그대로의 '날원고' 파일을 보내준다. 야성미 뿜뿜 넘치는 원고를 읽는다는 건 무척이나 흥미진진한 일이다. 그러나 야성미가 지나쳐 짐승만도 못한 원고를 마주했을 때는 난감하다 못해 짜증이 치밀어 올라 저자에게 찾아가 떽떽 따지고 싶다.

맞춤법 검사기 한 번만 돌려봤어도 오자가 이 정도로 많지는 않을 텐데. 구글링으로 자료 검색 한 번만 해봤어도 '이

부분은 뭐라고 써야 할지 잘 모르겠어요. 편집자님이 대신 좀 써 주세요'하는 무책임한 멘트를 달아 놓지는 않을 텐데. 보소, 보소, 사람들아, 이것 좀 보소. 누가 봐도 틀린 정보를 약쟁이가 약 팔 듯 줄줄이 써놓은 이 문단을. 나 혼자서 보기에는 아까워 죽겠으니 어서들 이리 와서 보시란 말이오!

그런데 정말 신기하기도 하지. 개판 오 분 전인 원고도 편집자와 디자이너의 손을 거쳐 한 권의 책으로 묶이면 희한하게 그럴싸해 보인단 말이야. 나, 그들을 현대판 연금술사라 불러도 될까?

책이라면 마냥 좋기만 했던 독자 시절에는 베스트셀러 코너에 있는 책들을 동경의 눈으로 바라보곤 했었다. 그러나 지금은 그러한 순수한 시선은 오간 데 없이 의심의 눈초리부터 발동된다.

표지, 제목, 출판사, 저자를 보는 데서 그치지 않고, 책을 손에 쥐어보고 만져보고 쏠어보고 이리저리 돌려보고, 판권을 훑으며 편집과 일러스트와 디자인과 마케팅을 누가 담당했는지 살펴보고, 목차와 서체와 본문 디자인을 본 다음, 가장 신경 써서 집필했을 첫 페이지 말고 대충 쓰고 싶은 유혹을 강하게 느끼는 중간 페이지 즈음을 펼쳐 읽어보는 것을 마지막으로 얼마나 많은 연금술사가 여기에 들러붙어 온갖 재주를 쏟아부었을지 가늠해보고야 마는 것이다.

'아아, 그 누가 책을 마음의 양식이라 말하였는가. 이 책을 살 돈으로 망향 비빔국수에 가서 비빔국수에 찐만두를 사 먹는 게 차라리 낫겠네'라는 생각을 자주 한다 고백하면 너무 시건방져 보이려나.

얼마 전 들었던 출판 제작 수업에서 선생님은 말씀하셨다.

"독자가 책이나 한 권 사볼까, 하면서 서점에 갈 때 말이죠. 아, 오프라인은 물론 온라인도 마찬가집니다. 독자는 이런 착각을 해요. 스스로가 원하는 책을 샀다고. 그런데 아뇨, 그 책은 서점 MD가 골라준 거예요. MD가 미리 골라놓은 여러 권의 책 중에서 독자가 선택하는 것뿐이라 이거죠. MD가 노출을 시켜주지 않으면 독자는 그 책을 접할 방법이 없어요. 그렇잖아요. 누가 벽면에 꽂혀 있는 책을, 카테고리 저 구석에 숨어 있는 책을 일부러 찾아보겠어요."

그러니 책을 많이 팔기 위해서는 서점 MD에게 알랑방귀를 있는 힘껏 뀌어야 한다는 이야기가 이어졌지만, 나는 엉뚱하게도 도서관에 자주 가야겠다는 다짐을 했다. 베스트셀러 코너도, 돈 주고 사는 평대도, MD의 입김도 없는 그곳에서 책등을 보인 채 가지런히 서 있는 책들 중 유독 마음 가는 한 권을 나는 꺼내어 들겠다.

제목이 한 번에 꽂히지 않을지라도, 카피가 민망할지라도, 표지가 말도 못하게 촌스러울지라도, 편견 없이 일단은 펼쳐보겠다. 왜냐하면 그건 책의 내용과는 아무런 상관이 없으니까.

우연히 집어든 책에 저명인사의 추천사가 떡하니 박혀 있다 해도, 책 내용이 마음에 들지 않으면 나의 지적 수준을 의심하기보다 과감히 덮어버리는 쪽을 택하겠다. 찬사 일색인 추천사들은 그저 구색 맞추기용에 불과하거니와, 생각이나 취향이 맞지 않는 사람이 쓴 책을 꾸역꾸역 읽을 필요가 없다고 여기기 때문이다.

도서관에 자주 들러서 최대한 많은 책을 펼쳤다 덮었다 반복하다 보면은 나와 주파수가 맞는 책을 발견할 수 있겠지. 그렇게 만난 책을 서점에서 한 권 사는 일도 잊지 않겠다. 당신의 책이 베스트셀러는 아닐지라도 나에게는 의미 있는 책이라는 사실을, 그러니 앞으로도 계속 글을 써주었으면 하는 나의 바람을, 저자가 알아채기를 희망하는 마음에서다.

대형 출판사에서 책을 내면 성공 확률이 높을까

¶

모 출판사 편집자님과 술을 한잔 마셨다. 아니 사실 거나하게 마셨다. 저녁 식사를 하면서 가볍게 맥주를 마시고, 자리를 옮겨 와인을 한 병 땄는데, 맥주가 아닌 다른 술만 들어가면 이 내 몸을 내 뜻대로 조절할 수 없다는 사실을 잠시 잊은 내가 기분 따라 부어라 마셔라 하다가 그만 취해버리고야 만 것이다.

게슴츠레한 눈으로 와인 한 병을 더 시키려 메뉴판을 훑어보던 나에게 편집자님이 기획을 하나 제안하셨다.

"제가 오랫동안 마음속에 품고 있던 기획인데요. 작가님이 지금 당장 이걸 쓸 수 있을지는 모르겠지만 시간이 지나고 쓸 준비가 되면 그때는 나한테 얘기를 해줘요."

에미 애비도 못 알아볼 만큼 취한 상태였으나 그것이 좋은 기획이라는 것쯤은 알 수 있었다. 평소 같았으면 "자신은 없지만 생각해볼게요" 웃으며 마무리를 지었을 테지만 아니 글쎄 내 몸이 내 몸이 아니었다니까? 나는 경우도 없이 솔직한 속내를 보이고야 말았다.

"솔찌키… 솔찌키 이짜나여… 제가 이런 말을 들은 적이 있는데여어. 이제는 큰 출판사랑 일해야 할 때라구. 편집자님 네 출판사가 짝은 출판사가 아니라는 거는 저두 잘 알져. 사옥도 엄청 크자나여. 파주도 아닌 서울 한복판에 사옥이 무려 두 채! 근데여, 근데 있자나여… 다른 사람들이 보기에는 그게 아니라 이거지. 제가 지인짜 궁금해서 그러는데 도

145

대체 큰 출판사가 어디예여? 문동, 창비, 웅진, 다산, 위즈덤, 랜덤, 민음사, 김영사, 뭐 이런 데? 진짜로 그런 데서 책을 내야 잘 팔리는 거예여??"

나의 개소리를 진지하게 듣던 편집자님이 핸드폰을 몇 번 두드리더니 내 눈앞에 화면을 들이밀었다. YES24의 에세이 베스트 순위였다.

"보세요, 작가님. 에세이 베스트 10위권 안에 대형 출판사가 몇 개나 있는지."

과연 알 만한 출판사보다 모르는 출판사가 훨씬 많았다. 편집자님의 이어지는 말씀은 이러했다. 마케팅에 큰돈 들이기 어려운 작은 출판사에서 출간하는 것도 위험부담이 큰 일이지만, 그렇다고 해서 큰 출판사와 계약하는 것만이 답은 아니라고. 대형 출판사에서는 한 달에만 30여 종의 책이 쏟아져 나오는데 그중 한두 권에만 마케팅비를 쏟아붓는다고. 이른바 선택과 집중이란 거다.

그러니 대다수의 신간들은 변변한 마케팅도 제대로 해보지 못한 채 끝난다고. 어쩌면 작은 출판사에서 책을 내는 것보다 못할 수도 있다고.

이와 비슷한 이야기를 풍문으로 들은 적이 있다. 그러니까 선택받은 그 한 권의 책을 제외한 나머지 책들은 소위 '깔아주는 책'이란 거다. 애써 만든 책이 깔아주는 책으로 전락하지 않기 위해서는 트렌드를 읽는 그럴싸한 기획, 탄탄한 원고, 초기 판매에 화르르 불을 붙여줄 저자의 인지도 등이 뒷받침되어야 하지만 그게 또 능사는 아니란다.

에, 그러니까 담당 편집자의 사내정치 능력도 무시할 수 없단다. 편집자와 마케터의 관계, 편집자와 상사의 관계, 편집자와 대표의 관계 등도 책을 얼마나 밀어주느냐에 상당 부분 영향을 미친단다.

이렇게 여러 관문을 거쳐 선택받은 책이 되면 무조건 잘 팔리느냐! 나 원 참, 그건 또 아니란다. 책은 나와봐야 안단다.

팔려야 팔리는 거란다. 베스트셀러는 만들어지는 게 아니란다. 하늘이 내리는 거란다.

복잡하다 복잡해. 혼란하다 혼란해! 온종일 아이패드를 끼고 앉아 잡글이나 끼적거리는 삼류 작가 나부랭이가 이 거대하고 무시무시한 출판 산업에 대해 무얼 알겠는가. 누군가를 밟지 않으면 내가 밟히고야 마는 피 튀기는 조직생활에 대해 무얼 알겠느냔 말이다.

굴러가지도 않는 머리 그만 굴리고 작은 출판사에서 연락이 오면 '아얏, 이 앙증맞은 출판사 너무나 소중해!' 하는 애틋한 마음으로, 큰 출판사에서 연락이 오면 '아이고, 이게 웬 횡재야. 하나님 부처님 감사합니다!' 하는 고마운 마음으로 흐름에 몸을 맡기며 되는 대로 지내련다. 그저 내가 맡은 글쓰기에나 최선을 다하며 하늘의 뜻을 기다리다 보면 뭐라도 되겠지. 안 된다고 한다면은 뭐, 다음 생을 노려보는 수밖에.

만일 이 글을 읽는 당신께서 책을 단 한 권도 내보지 않은 예비저자라면 출판사의 규모일랑 괘념치 말고 기회가 왔을 때 무조건 출간해보시기를 권유하는 바이다.

출판의 변방에서 가만히 지켜본 바, 대부분의 회사가 신입을 꺼리고 경력직을 선호하는 것과 마찬가지로 출판 역시 기성작가 위주로 돌아간다는 사실을 알게 되었다. 신인작가가 출판계에 끼어들 수 있는 행운은 생각만큼 쉽게 찾아오지 않으니 그 행운이 달아나기 전에 냉큼 잡아 경력직으로 올라서시길.

출판도 결국 사회생활이라는 걸 이 일을 하면 할수록 절절하게 느낀다. 그걸 아는 사람이 낯선 편집자님 앞에서 작은 출판사가 어쩌네, 큰 출판사가 어쩌네 나불대다니. 술이 웬수라고 해야 할까, 입이 방정이라고 해야 할까. 아… 내가 이래서 성공을 못하는 건가?

편집자를 활용하는 몇 가지 방법

¶

나에게는 편집자 친구가 있다. 아주 오랫동안, 그 친구가 하는 일을 가까이에서 지켜보았기에 편집자가 무슨 일을 하는 사람인지 정도는 거뜬히 써낼 수 있을 거라 생각했다.

그러나 막상 한 편의 글로 정리하려다 보니 편집자라는 한 인간이 해내는 일들이 어쩜 그리도 복잡하고 방대한 데다가 자질구레하기까지한지. 어디서부터 어떻게 풀어나가면 좋을까 도무지 감이 잡히지 않아 이 꼭지의 주제만 잡아놓은 채 백지 상태로 몇 달을 허비했다.

계약서에 명시한 이 책의 마감일이 한참이나 지났음에도 탈고를 하지 못한 내가 '써야 하는데. 계약을 어기면 계약금 두 배를 물어내야 하는데. 자칫 잘못했다가는 대역죄인처럼 법원에 끌려가야 하는데' 하는 생각으로 몹시 괴로워하던 차에 이 책의 담당 편집자로부터 전화가 걸려왔다.

"작가님, 저번에 감기 걸리셨다더니 몸은 좀 괜찮으세요? 아, 독감은 아니었나보네요. 다행이다. 그래서 요즘은 뭐 하고 지내세요? 예? 원고를 쓰기는 쓰고 있다구요? 푸하학! 그럼 제가 언제쯤 받아볼 수 있을까요?"

아아, 편집자는 저자의 근황을 살피며 출간 일정을 관리하는 사람이었지 참.

그녀가 나에게 처음 메일을 보내온 건 작년 여름 무렵이었다. 글이라면 단 한 자도 쓰고 싶지 않을 만큼 이 일에 대한 깊은 회의감에 젖어 있던 나는 그 어떤 출판 관계자도 만나고 싶지 않은 심정이었다.

그러나 만나서 '낮맥'이나 한잔하자는 그녀의 유혹을 뿌리치기는 어려웠다. 왜냐하면 나는 정말 대낮에 맥주를 마시고 싶었기 때문이었다. 또한, 이 일이 꼴도 보기 싫은 상태이기는 했지만 그렇다고 때려치울 생각은 또 없었다. 나는 초면의 편집자에게 이러한 속내를 숨김없이 털어놓았다. 그러자 그녀는 말했다.

"그런 마음이 드시는 게요. 솔직히 책이 잘 안 팔려서 그런 거 아니에요? 제 생각에 작가님은 '출세욕'에 대한 글을 쓰면 할 말이 좀 있으실 것 같은데 어떻게 생각하세요?"

나는 몹시 놀라지 아니할 수 없었다. 내 마음속을 어지럽히고 있던 복잡다단한 심경을 '출세욕'이라는 단어 하나로 압축하다니. 그녀는 그저 하나의 제안을 한 것뿐이라며, 다른 주제로 쓰고 싶다면 얼마든 그리하셔도 된다며, 생각해보시고 연락을 달라고 했지만 나는 즉시 대답했다.

"아니에요. 출세욕, 저 그거 할래요."

그래, 맞아. 편집자는 저자도 모르는 저자의 마음을 읽어내 쓸거리를 끌어내는 사람이었어.

그녀는 글을 쓰는 동안 자기를 마음껏 써먹으라고 했다. "예? 어떻게요?"하는 나의 물음에 그녀는 대답했다.

"그냥, 글이 잘 안 써지실 때 연락해서 의견도 나누구요. 아무 때나 찾아오셔서 술 마시자고 해도 좋구요."

그리하여 우리는 한 달에 한 번씩 만나 술을 마셨다. 늘, 오늘은 가볍게 마시고 헤어지자고 해놓고서는 단 한 번도 대중교통을 이용해 집에 돌아간 적이 없었다. 술에 취한 우리는 출판계의 비화를 공유하며 배가 째지도록 웃기도, 비틀비틀 거리를 걷다가 핸드폰을 와장창 깨먹기도, 아무에게나 전화를 걸어 지금 당장 여기로 나오라며 무례를 범하기도 했다.

하지만 영 헛짓만 한 건 아니었다. 그녀는 술을 마시는 중

간중간 "작가님 문체는 누구 영향을 받은 거예요?"라든지 "좋아하는 작가가 누구예요? 그 작가가 왜 좋은데요?" 하는 질문을 툭툭 던져 나를 생각에 빠져들게 했고, 내가 흘리듯 하는 이야기에서 포인트를 집어내 책의 방향을 새롭게 잡아나가기도 했다.

편집자는, 아 물론 모든 편집자가 이러는 건 아니지만, 하여튼 편집자는 가만히 앉아 저자의 원고를 기다리는 사람이 아니라 더욱 풍성한 책을 만들기 위해 시도 때도 없이 궁리하는 사람이라고 한다면 조금은 이해가 가시려나.

이렇게 지난날을 추억하다 보니 그녀에게 무척이나 미안한 마음이 든다. 나야 원고를 다 써서 넘기고 나면 한시름 놓겠지만, 그녀는 내가 원고를 늦게 준 만큼 더욱 바쁘게 움직여야 할 것이기 때문이다.

나의 사사로운 이야기가 독자에게 가닿을 수 있도록 제목과 카피를 수십 개씩 떠올려보기도 하고, 두서없는 이 원고가 짜임새 있어 보이도록 목차를 이리저리 바꾸어보기도 하고, 최상의 디자인을 뽑아내기 위해 디자이너와 논의에 논의를 거쳐 수정에 수정을 거듭하기도 하고, 눈알이 빠지도록 화면교정에 1교, 2교, 3교, 크로스교를 보며 오탈자를 잡아내기도 하고, 칼바람 부는 파주 인쇄소까지 달려가 애초에 의도했던 대로 인쇄가 잘되고 있는지 매의 눈으로 지켜보기도 하고, 별것도 아닌 나의 책이 특별해 보일 수 있도록 머리를 쥐어뜯어가며 보도자료를 쓰기도 하고, 그걸 온라인서점과 신문사에 열심히 뿌리기도 하고, 뭐 이따위 글을 책으로 만들었냐는 악플에 가까운 리뷰를 감당하는 일까지 도맡아 할 것이다. 그러니까 편집자는 일당백이라고나 할까.

그녀와 내가 노력한 만큼 이 책이 잘 팔릴 수 있다면, 그리하여 우리 두 사람 모두 출세 가도를 달릴 수 있다면 참으로 좋겠지만(그녀는 술 먹을 때마다 "우리 작가님 출세시켜드리겠다"는 소리를 했다), 솔직히 그리될 확률보다 그리되지 않을 확률이 훨씬 높다는 걸 나는 잘 안다.

하나 이 책이 폭삭 망한다 할지라도 나는 내 능력을 탓할지언정 그녀를 원망하지는 않을 것이다. 왜냐하면 편집자는 자신이 만든 책이 주목받기를 저자 이상으로 염원하며 최선을 다해 일하는 사람이라는 걸 알기 때문이다.

그 어떤 리뷰에도 의연해지는 법

¶

첫 책을 낸 후, 인터넷에 내 이름을 검색해보았을 때의 충격을 나는 잊지 못한다. 간호사 시절 삼교대로 일을 할 적에 밤을 꼬박 새워야 하는 나이트 근무가 가장 힘들었다는 내 글을 읽은 한 독자가, 나를 나이트클럽 웨이터로 오해해서 쓴 리뷰를 목도하였던 것이다.

'밤과 음악 사이'보다 한층 더 자극적인 곳에 가보자는 병원 동료들의 손에 이끌려 처음 가보게 된 성인 나이트클럽에서, 웬 러시아 남자의 스트립쇼를 한 번 보았던 게 전부인 순수한 나에게 웨이터라니! 물밀듯 밀려오는 아저씨들의 부킹을 모조리 뿌리치고, 다음 날 출근을 위해 혼자 먼저 귀가해 일찌감치 잠자리에 들었던 조신한 나에게 웨이터라니!

몹시 화가 난 나는 담당 편집자에게 연락을 하여 길길이 날뛰었다. 어떡하냐고, 이거 명예훼손 아니냐고! 출판사 측에서 해명이라도 해줘야 하는 거 아니냐고!

그러나 그녀는 그저 웃기만 했다.

"호호, 어떡하긴 뭘 어떡해. 어쩔 수 없는 거지."

어쩔 수 없는 일은 신문에 칼럼을 연재하면서부터 기하급수적으로 불어나기 시작했다. 삼사백 개씩 턱턱 달리는 댓글들 중에서 내가 쓴 칼럼 내용과는 아무 상관도 없는 악담이 절반 이상이었다.

그런 댓글을 읽는 데 필요 이상의 감정을 소모하는 동생을 불우하게 여긴 나의 언니는, 나를 대신하여 댓글을 읽어주는 봉사를 실천하였다.

할아버지가 쓴 댓글 같으면 틀니 딱딱거리는 목소리로 "당신 같은 여자 때문에 대한민국이 저출산 국가가 되어가는 것이야! 뱃속에 벌레가 들은 아주 나쁜 년!", 수준 이하의 젊은 남자가 쓴 댓글 같으면 저팔계 목소리로 "응, 느금마. 응, 꼴페미. 응, 메갈년", 어린 학생이 멋모르고 쓴 댓글 같으면 껄렁껄렁 철없는 목소리로 "이 작가 날로 돈 버는 듯. 이 정도는 나도 쓸 수 있을 듯. 알바 때려치우고 작가나 해야겠음" 하며 각각의 인물에 빙의하는 식이었다.

언니의 성대모사는 〈두시 탈출 컬투쇼〉의 정찬우와 김태균을 가히 능가했으므로 듣기에 퍽 재미났다. 그렇다고 상처가 덜어지지는 않았다. 길을 걷다 마주 오는 사람에게 이유도 없이 얻어맞는 기분이었다.

그러던 어느 날, 내 마음을 나보다 더 잘 안다는 유튜브의 추천 알고리즘에 이끌려 법륜 스님의 영상 하나를 보게 되었다. 그 내용은 이러했다.

부처님께서 한 바라문의 집에 걸식을 하러 가셨다. 바라문은 육신이 멀쩡하면서도 일을 하지 않는 놈에게 밥을 줄 수 없다며 부처님께 쌍욕을 퍼부었다. 그런 바라문을 향해 부처님은 빙긋이 웃어 보이셨다. 내 말이 우습냐며 바라문이 더 크게 성을 내자 부처님이 말씀하셨다.

"당신 집에 가끔 손님이 오십니까?"

"그래, 온다!"

"손님이 선물을 가지고 오시기도 합니까?"

"그럼, 가지고 오지!"

"만약 손님이 가져온 선물을 당신이 받지 않는다면 그 선물은 누구의 것이 됩니까?"

"그거야 가져온 사람 거지!"

그러자 부처님이 다시 빙긋이 웃으며 한마디를 덧붙이셨다.

"당신이 나를 욕했을 때 내가 그것을 받지 않는다면 그 욕은 누구의 것이 됩니까?"

깨달음을 얻은 바라문이 무릎을 꿇으며 부처님을 극진히 대접했단다.

나는 이 영상을 단 두 글자로 압축하여 가슴에 새겼다. 반. 사. 초등학생 시절, 친구들 놀림에 대꾸할 때 써먹던 그 새침한 외침 "반사!" 말이다.

이 원고가 책으로 묶여 서점에 놓이면 나는 또다시 어쩔 수 없는 일들을 겪게 될 것이다. 하지만 이전처럼 겁이 나지는 않는다. 나에게는 그 어떤 악평도 견뎌낼 수 있는 마법의 주문이 있으니.

지금까지 나의 부족한 글을 읽어주셔서 감사하다. 혹시나 재미있게 읽어주셨다면 더없이 감사하다. 만약에 이런 내가 너무너무 싫어서 미친, 삼류, 재수 없어, 밥맛 떨어져, 마구마구 욕을 하려 마음먹고 계신다면 그것마저도 감사하다…고 할 줄 알았지?

반사!

지우개 반사! 무지개 반사!

에필로그

돈값 하는 작가가 된다는 것

¶

신간이 나와 뒷바라지하느라 바쁜 나날을 보내고 있다는 김영하 작가의 영상을 유튜브에서 보았다. 강연을 다니거나 인터뷰에 응하며 신간 홍보에 열을 올리는 행위를 자식 돌볼 때나 쓰는 '뒷바라지'라는 단어로 표현하는 건 처음 들어봤다. 하기야, 제 속에 든 이야기를 꺼내 세상에 내놓았으니 그게 자식과 무에 달라.

사람들 앞에 서는 게 죽기보다 싫다는 이유로 홍보 활동을

마다해왔던 나는, 자식을 낳아놓고 방치한 무책임한 부모가 된 것만 같아 깊은 죄책감을 느끼지 아니할 수 없었다. 내 딸아, 내 아들들아, 이 못난 어미를 용서해다오. 늦었지만 이제부터라도 너희 뒷바라지에 힘쓰마!

그렇게 치맛바람 휘날리며 도착한 곳은 지방 소도시의 어느 도서관이었다. 비혼을 주제로 한 전작을 출간한 직후, 독자들과 이런저런 이야기를 나누는 자리였다. 열 명만 모여도 다행이라고 생각했는데 그것의 두 배나 되는 사람이 와주었다.

학창 시절, 교탁 앞에 선 선생님이 "너네들 딴짓하는 거 다 보여!" 하시던 말씀이 허풍이 아니었음을, 독자 앞에 선 나는 알게 되었다. 자발적으로 이 자리에 왔으면서도 왠지 모르게 지루해 보이는 표정, 핸드폰을 바삐 만지며 누군가에게 메시지를 보내는 모습, 뜨거운 여름 햇살을 헤치고 오느라 송골송골 맺힌 콧잔등의 땀방울까지도 나에게는 전부

보였다.

그중, 유독 곱게 단장한 여성 독자에게 가닿은 나의 시선이 흔들렸다. 저 긴 머리를 감는 데 든 수도세, 그것을 말리고 스타일링하는 데 든 전기세, 얼굴을 가다듬는 데 든 각종 화장품값, 왕복 차비, 버스를 기다리다가 목말라서 사 마셨을 커피값, 커피 마시는데 마카롱 안 먹을 수 있나, 한 입 거리인 주제에 비싸기는 더럽게 비싼 마카롱값, 무엇보다 억만금을 주고도 살 수 없는 시간까지.

무명작가에 불과한 내 이야기를 들으러 이 자리에 오기 위해 그 모든 걸 투자했다 이거지? 거기에다 여기 모인 사람이 스무 명이니까 곱하기 이십을 하면…. 감당할 수 없는 액수가 머릿속을 어지럽히며 눈앞이 아득해졌다.

어찌어찌 강연을 끝냈다. 헛소리만 잔뜩 늘어놓은 것 같아 한동안 느껴졌던 부끄러움도, 별것 아닌 나의 이야기를 경청해준 독자들의 얼굴도, 이제는 모두 흐려졌다.

그러나 당시, 스스로에게 던졌던 질문만은 날이 갈수록 선명함을 더해가며 나의 뒤를 지독하게 따라다닌다.

나는 과연, 돈값 하는 작가인가.

또 한 권의 책을 세상에 내놓는다. 이 책이 계약부터 출간까지 꼭 열 달이 걸렸다는 사실을 깨닫고는 아연실색하고야 말았다. 엄마야, 이거 진짜 내 자식인가 봐! 부모의 평생 원은 제 자식 잘되는 모습을 보는 것일 터. 그러니까 내 말은, 되도록 많은 사람이 돈을 지불하고서 이 책을 사 보았으면 좋겠다는 뜻이다.

하지만 아무도 몰래 이런 생각을 하기도 한다. 독자가 고생고생 하며 번 돈을 고작 이 정도 글에 소비해도 되는지. 내가 쓴 글이 독자의 노동에 버금가는 가치를 지니고 있는지. 그러니까 나는 과연, 돈값 하는 작가인지.

김애란도, 임경선도, 이슬아도 아닌 나의 책을 사주고 끝까지 읽어주기까지 한 당신에게 고맙고 또 미안할 따름이다. 당신의 따뜻한 관심에 보답하기 위해서라도 팔리는 작가가 되겠다. 돈값 하는 글을 쓰고야 말겠다. 그때까지 나를 지켜봐준다면 더는 바랄 것이 없겠다.

●
앞으로 종종 등장할 '마누라'라는 표현은 국립국어원 표준국어대사전에 등재된
첫 번째 의미(중년이 넘은 아내를 허물없이 이르는 말)로 사용했음을 밝힙니다.

넥스트에세이 미리보기

03 권용득 (음주욕)

일도 사랑도
일단 한잔 마시고

평범한 데이트와 밤샘 작업

¶

마누라와 한창 연애할 때였다. 우리는 만나면 눈에 띄는 술집에 들어가 일단 소주부터 시켰다. 안주가 나오기 전에 소주 한 병을 다 비웠고, 안주가 나오면 소주 한 병을 더 시켰다. 그렇게 우리의 데이트 코스는 매번 술집, 술집 옆에 술집, 길 건너 술집 순이었다.

가만히 생각해보니 우리는 낮에 만난 적이 없다. 소주 없이 맨 정신으로 시간을 함께 보낸 적도 없었다. 늘 해질 무렵 만나 이튿날 가장 밝은 시간 어색하게 헤어졌다. 마누라는 말했다.

"우리도 다른 연인들처럼 평범한 데이트 좀 해요."

"어떤 데이트가 평범한 데이트죠?"

"낮에 만나요. 낮에 만나서 점심도 같이 먹고 극장에서 영화를 보든지, 아니면 음…"

"그럼 영화나 볼까요? 낙원상가 허리우드 극장 어때요? 거기 분위기 정말 좋은데."

"좋죠! 저도 낙원상가 좋아해요!"

마침 장마철이었고, 낙원상가 허리우드 극장에서는 《까뮈 따윈 몰라》라는 일본 영화를 상영 중이었다. 마누라와 나는 둘 다 까뮈를 좋아해서 잘됐다 싶었다. 그런데 영화는 핵노잼이었다. 급기야 마누라는 꾸벅꾸벅 졸기 시작했고, 나도 끝까지 버티지 못했다. 졸릴 때마다 자세를 고쳐 앉으며 눈을 부릅뜨긴 했는데, 뭘 봤는지 통 기억이 나지 않는다. 아무래도 시차 적응이 안 됐던 것 같다. 말했다시피 마누라와 나는 늘 해질 무렵 만났고, 밤과 낮은 생각보다 멀리 떨어져 있었다.

비록 영화는 핵노잼이었지만, 마누라와의 '평범한 데이트'는 지금도 잊지 못할 추억이다. 낙원상가 옥상에서 아무도 찾지 않는 콜라텍 입구를 멍청하게 바라보던 순간이나, 살이 구부러진 낡은 우산 하나를 받쳐 쓰고 비 오는 거리를 하염없이 걷던 순간이나, 그 모든 사소한 순간이 언젠가 막연히 그리워질 것 같았다.

결국 또 소주를 마실 수밖에 없었고, 우리는 여느 때처럼 안주가 나오기 전에 소주 한 병을 비웠다.

마누라는 장모님한테 "친구 집에서 밤샘 작업한다"며 집으로 돌아가지 않았다. 잔뜩 취한 우리는 근처 모텔에서 서로 부둥켜안고 한 몸이 됐다. 오늘이 마지막인 사람들처럼 몇 번이고 섹스를 했다. 한 번, 두번, 세 번, 네 번… "밤샘 작업한다"는 마누라의 말이 아주 거짓말은 아니었다.

이튿날 나는 마누라를 집까지 바래다줬다. 살이 구부러진 낡은 우산은 온데간데없었다. 간밤에 비가 그치는 바람에 술집에 두고 왔는지, 아니면 모텔에 두고 왔는지 알 길이 없었다.

마누라 집 앞에서 헤어지려고 했는데, 왠지 아쉬워서 동네를 한 바퀴 돌았다. 그러고는 마누라가 나를 다시 지하철역까지 바래다줬다. 나는 지하철을 타려다 말고 마누라에게 전화를 걸었다.

"소주나 한잔 더 할까요?"

그 길로 우리는 또 소주를 마셨고, 여느 때처럼 안주가 나오기 전에 소주 한 병을 비웠다. 소주를 마실 만큼 마신 우리는 각자 집으로 돌아가려고 했지만 때마침 비가 쏟아지기 시작했고, 살이 구부러진 낡은 우산은 어디 있는지 모르겠고, 하는 수 없이 또 근처 모텔로 갔다. 마누라는 장모님한테 "친구 집에서 또 밤샘 작업한다"고 둘러댔고, 그다음은 말 안 해도 아시겠죠?

이튿날 나는 출판사에 볼일이 있었다. 마누라도 볼일이 있었다. 이제 그만 쿨하게 헤어지기로 했다. 누가 누굴 바래다주는 일 없이 각자 제 갈 길을 갔다. 그런데 출판사 볼일을 마친 나는 집으로 돌아가려다 말고 또 마누라에게 전화를 걸었다.

"어디에요? 소주나 한잔 더 할까요?"

그길로 우리는 또 소주를 마셨고, 하필이면 간밤에 그쳤던 비가 또 쏟아지기 시작했고,

(다음 달에 계속)

엄밀히 말하면

¶

나는 순전히 술 때문에 마누라와 결혼했다. 엄밀히 말하면 소주 때문이다. 마누라도 나처럼 다른 술보다 소주를 좋아했고, 마누라만 한 술친구는 더 이상 없겠다 싶었다.

마누라는 어땠는지 몰라도 나는 마누라와의 결혼을 조금도 망설이지 않았다. 아니, 엄밀히 말하면 결혼은 생각지도 못했다. 마누라도 결혼 생각이 없었다. 마누라와 소주 한잔 하다 보면 막차는 매번 너무 빨리 끊겼고, 택시비나 여관비는 거기서 거기였다. 물론 휘경동 옥탑방에 살 때는 택시비(또는 여관비) 걱정은 하지 않았지만, 어느 날 눈 떠보니 결혼도 했고 애도 생겼다. 이것도 엄밀히 말하면 애가 먼저 생겼고 결혼은 그다음에 했다.

결혼식을 준비할 때는 모든 게 느닷없고 갑작스러웠다. 내세울 거라곤 '와꾸'밖에 없는 내가 결혼이라니(마누라는 내 와꾸, 그러니까 내 얼굴이 자기 취향이라고 했다), 게다가 곧 아빠가 된다고? 너무 비현실적이었다.

내 수중에는 휘경동 옥탑방 전세보증금 1,500만 원과 통장에 300만 원이 전부였다. 휘경동 옥탑방 전세보증금은 사실 서울 생활 시작하면서 어머니께 빌린 돈이었고, 그 전세보증금도 새로운 세입자가 나타나야 돌려받을 수 있었다.

그럴싸한 보금자리를 마련할 만한 형편도 안 됐고, 안정된 수입원이 있는 것도 아니었고, 돈벌이는 늘 들쭉날쭉했다. 막막했다. 마누라 배는 점점 불러오는데 나는 아무런 대책이 없었다. 자려고 눈을 감으면 무자비한 현실이 달리는 기차처럼 엄습했다.

마누라는 혼자 모든 짐을 떠안은 것처럼 곧잘 우울에 빠지는 내가 못마땅했을 것이다. 우울에 빠질 줄만 알았지, 그 우울을 벗어날 생각은 못했으니까.

내 주변에 가정을 꾸린 친구가 한 달에 얼마씩 벌고 얼마씩 쓰는지, 나는 오로지 그게 궁금했다. 친구의 경제적 능력과 내 경제적 능력을 비교하기 일쑤였다. 친구가 자신은 '하우스푸어'라며 직장 상사가 아무리 개좆같아도 참고 다닐 수밖에 없다는 넋두리를 할 때마다 그게 여간 부럽지 않았다. 갚아야 할 대출금이 있는 것도 부러웠고, 개좆같은 직장 상사가 있는 것도 부러웠다. 한때는 그 친구가 나를 부러워했는데 말이다.

하고 싶은 일 하며 산다고, 자유로워서 좋겠다며 친구는 나를 부러워했다. 나는 친구에게 우습게 보이고 싶지 않았다. 남자라면 그 친구처럼 자기 가정쯤은 다 책임지는 줄 알았다. 쥐뿔 아무것도 없으면서 장인어른과 장모님께도 내가 다 책임지겠다고 했다.

마누라도 나와 똑같은 책임감을 느끼고 있다는 걸 그때는 몰랐다. 결론부터 말하자면 나는 아무것도 책임지지 못했다. 다른 사람 인생을 책임질 만한 깜냥도 안 됐고, 결혼은 내가 너를 책임지는 일도 아니었다. 나는 나부터 책임져야 했는데, 엄밀히 말하면 그것조차 제대로 책임지지 못한 셈이다.

우울에 빠질 때마다 혼자 불 꺼진 주방 식탁에서 소주를 마셨다. 아무 조리도 하지 않은 생 비엔나소시지를 안주 삼았다. 우울에 빠진 주제에 비엔나소시지를 맛있게 구워 먹을 수는 없었다. 그럼 잠든 마누라가 "무슨 냄새야?"라며 깰 테니까. 나는 우울에 빠졌을 뿐인데, 마누라 몰래 비엔나소시지를 맛있게 구워 먹는 것처럼 보이면 얼마나 억울하겠나.

아무튼 소주 한 모금 마시고 비엔나소시지 한 입 베어 물면, 그 맛이 나쁘지 않았다. 그렇게 마시면 비엔나소시지 한 봉지에 소주 한 병 반 정도 마실 수 있다. 비엔나소시지를 아껴 먹으면 소주 두 병도 마실 수 있다. 하지만 두 병까지 마신 적은 없다. 비엔나소시지가 너무 맛있어서 도저히 아껴 먹을 수 없었다. 엄밀히 말하면 우울하다고 입맛까지 달아나는 건 아니었다.

(다음 달에 계속)

먼슬리에세이 02 출세욕

팔리는 작가가 되겠어,
계속 쓰는 삶을 위해

2020년 6월 20일 초판 1쇄

2020년 7월 7일 초판 3쇄

지은이 이주윤

펴낸이 남연정

디자인 석윤이

펴낸곳 드렁큰에디터

출판등록 2020년 4월 20일 제2020-000042호

이메일 drunken.editor.book@gmail.com

인스타그램 @drunken_editor

ⓒ 이주윤, 2020

ISBN 979-11-970352-6-5 (02810)